Quelques ouvrages du même auteur

- *Ruynes*, illustrations de Jean-Jacques Gévaudan, Feux errants, 1978; rééd. Deleatur, 1994.
- *Ethnograffiti*, lithographie et illustrations de Jorge Camacho, Première Personne, 1987.
- *Les Poinçons de John Baskerville*, lithographies de Ramón Alejandro, Deleatur, 1990.
- *Qu'il est doux de pouvoir écrire une belle histoire d'amour quand la guerre est si proche*, Car rien n'a d'importance, 1990.
- *Le Français cent difficultés*, Le Polygraphe, 1993, 1999, 2010.
- [Avec Patrick Boman] *Éloge de la Correction*, Mots et Cie, 2003.
- [Avec Jean-Marie Audignon] *Petit lexique de la modernitude*, Ginkgo, 2018.

Le Jardin des Ploutes

Pierre Laurendeau

Le Jardin des Ploutes

Ginkgo / *L'Ange du Bizarre*

Un grand merci à ceux qui m'ont soutenu
dans ce projet et ont accepté d'en lire
une première version imparfaite : Jean-Marie Audignon,
Agnès Laurendeau, Jean-Louis Lejonc, Yves Letort,
Marie et Jacques Petit, Jean-Paul Plantive…

À Martin Pioger-Laurendeau,
qui fit découvrir à son grand-père
les mystères du jardin des Ploutes.

Je commence un journal, écrit à la main, à la lueur d'une bougie.

*

Les *Autres* ne sauront pas. Sans électricité, *ils* ne peuvent pas nous voir, ni nous gouverner. Le pouvoir passe par les réseaux, les fils et les prises – quand *ils* font une pause, il y a de l'air qui souffle par la prise, au moment où *ils* mettent leur machine en veille. Les ampoules, aussi, surtout les nouvelles, basse consommation qu'*ils* appellent ça. Haute surveillance, plutôt ! Dans chaque ampoule, une petite caméra : *ils* voient tout, même quand vous n'allumez pas. Dans ma pièce, il n'y a ni prises, ni ampoules. Encore moins d'écrans. « Les écrans sont des fenêtres sur le monde », clament les publicités ; des portes sur votre vie, c'est sûr ! Quand j'étais comme vous, je passais du temps devant les écrans. C'est comme ça que je me suis aperçu qu'*ils* s'introduisaient. En moi, par les yeux. *Ils* remplacent les nerfs optiques par de la fibre. Petit à petit, *ils* gagnent le cerveau. Les millions de neurones gélifiés par injection. Des fois, ça vous gratte les paupières, surtout quand vous avez passé trop de temps devant votre écran. Ne cherchez pas. C'est *eux*. Votre cerveau grésille : y'a de la friture sur le réseau, vous pensez. Mais c'est vous qui êtes en train de griller sur le barbecue des ondes. Les ondes. On baigne dedans.

Dedans/dehors. Elles sont en nous, autour de nous. Par les ondes, *ils* nous contrôlent, une fois la colonisation du cerveau achevée.

*

Ils sont très forts. Vu de l'extérieur, rien ne distingue un colonisé d'un Avant. Ils mangent, boivent, pètent et chient comme tout le monde. C'est pour donner le change. Une fois chez eux, les colonisés se branchent aux écrans. Même dans la rue. Au travail. Au café. Ils ont des nodules, qui ne les quittent pas. Je les observe. Quand un nodule sonne, les colonisés cherchent tous dans leur poche ou dans leur sac, les filles. Ça ne rate jamais. Le café refroidit, c'est prévu. La tasse est un amplificateur d'ondes. Les *Autres* ont une vision panoptique de votre vie.

*

Quand je me suis aperçu qu'*ils* me colonisaient, j'ai jeté mon nodule et j'ai désactivé mes écrans. Enfin, pas tout en même temps, pour ne pas attirer l'attention. Les yeux me piquaient fort – ils essayaient de me récupérer. Dans le centre de contrôle, ce devait être la panique, j'imagine : « X24365.45 ! Y'en a un qui se débranche. Injectez la gelée. » La gelée, avec laquelle *ils* collent les neurones aux fibres synthétiques, c'est elle qui assure la liaison entre le « cerveau » (je mets désormais des guillemets) et le centre de commande. La fibre et les ondes sont de simples vecteurs. Je n'ai pas passé de scanner ni d'IRM pour connaître l'ampleur des dégâts. Ça *les* aurait mis en rogne, je pense. Au début de mon débranchement, j'avais mal à la tête, tout le temps. Puis ça s'est estompé au fur et à mesure qu'*ils* me perdaient. D'abord le nodule, puis l'ordurateur, puis le téléviseur. Maintenant, j'ai des faux. Faux nodule en plastique, que je fais semblant de porter à mon oreille pour paraître « normal » – enfin, colonisé. Fausse télé, en carton avec du papier cathédrale gris derrière lequel je mets une bougie pour que les voisins ne se rendent pas compte que ce n'est pas une vraie. L'ordurateur n'est pas encore obligatoire, je n'ai pas eu besoin d'en fabriquer un en bois.

*

Depuis que je suis débranché, je m'aperçois que je ne suis pas le seul. Dans la rue, on se reconnaît. Pas besoin d'un signe de ralliement, de croiser les doigts ou ce genre de bêtise. Les débranchés sont les seuls à ne pas avoir de nodule à l'oreille, ou alors un faux – je sais les reconnaître. Une fois, au café, j'étais assis à côté d'un type qui lisait le journal avec ses vrais yeux. Je sais faire la différence. L'œil suit les lignes. Il ne divague pas dans la page pendant que la main caresse le nodule. J'ai attiré l'attention du lecteur par un petit sourire de connivence. Il m'a regardé, a plié son journal et est sorti sans boire son café. Il a eu peur. La police nous surveille. Pas les policiers avec des uniformes, et des pistolets contre les voyous. Une police indétectable, sournoise, omniprésente. Parfois, *ils* enlèvent des gens. Pour des expériences. Je le sais. Je suis un rescapé. C'était juste après mon débranchement définitif. *Ils* m'attendaient au pied de mon immeuble. Déguisés en infirmiers. Des costauds. Je n'ai pas résisté. *Ils* m'ont emmené dans un centre de réactivation. J'étais branché 24 heures sur 24. « Pour des analyses » *ils* ont dit. Ça me grattait sous les paupières, ça ne trompe pas : *ils* essayaient de me gélifier le cerveau. J'ai décidé de m'échapper, en simulant une colonisation achevée. Pendant le transfert vers un autre centre, j'ai réussi à ouvrir la portière et à m'enfuir. J'ai changé de vie, de nom. C'est facile quand on n'est plus branché : personne ne fait attention à vous. On devient invisible. Enfin, il faut se méfier des *Autres*, tout de même. Et aussi de *leur* police. Quand le type à côté de moi s'est levé brusquement sans boire son café, j'ai été désolé pour lui. J'aurais pu lui dire : « Moi aussi, je suis débranché. » Mais c'est impossible. Autant appeler *leur* police.

*

Le printemps est une belle saison. Les filles raccourcissent – enfin, leurs jupes. Ça donne envie. Des picotements dans la poitrine, et aussi plus bas. Mais je n'ai pas le droit. Les jupes courtes, ce n'est pas pour nous, les débranchés. Une fois, j'en ai suivi une, dans la rue. Sa jupe moulait son derrière, c'était un très beau spectacle. Mais elle s'est aperçue que je n'avais pas de nodule à l'oreille et elle s'est dirigée vers un policier pour me dénoncer. J'ai préféré changer de trottoir. Maintenant, je les regarde de loin. Et toujours avec mon faux nodule à la main. Je fais semblant d'écrire un texteux, ces messages idiots que les colonisés s'envoient tout le temps : « T'es où ? » « Qu'est-ce que tu fous ! Je t'attends depuis trois minutes » et d'autres stupidités, comme « Ça y est, je suis dans le train », comme si ça intéressait la planète entière de savoir que M. ou Mme Pékin est monté dans le TGV Paris-Nantes.

*

Sur mon faux nodule, j'écris des poèmes invisibles.

Ton dos
Est une crème
Fouettée dans le vent
Du silence.

Ma rivière, ton front
Qui plane au-dessus
Des nuages.

File, file, le temps
Dans le mixeur des saisons
Ourlées de neige.

Je les trouve beaux, mes poèmes. Pas comme ces tartines insipides qui sont publiées chaque année pour les colonisés. Écrites par des logiciels, elles racontent toujours la même histoire : une enfance malheureuse, une douleur cachée, un long chemin pour émerger à la lumière et apaiser son soi. Ça dégouline des vitrines des libraires – des esclaves des *Autres*, chargés de filer la mauvaise came aux lecteurs, et surtout aux lectrices, qui se régalent. Pour les *Autres*, ça leur fait gagner du temps. Pendant qu'elles lisent le dernier prix littéraire, elles ne sentent pas la gelée leur coller les neurones. Un anesthésiant.

*

Une fois, j'ai voulu avertir les lectrices et lecteurs en me faisant inviter à une émission télé avec un faux livre, que j'avais écrit moi-même en imitant les logiciels d'écriture automatique. Pas de chance pour moi, sur le plateau il y avait un faux écrivain, mais vrai flicard. Quand j'ai crié: «Arrêtez de vous abreuver à toutes ces conneries. Lisez ma poésie!», il m'a ceinturé, avec une clé dans le dos. «Tais-toi, petit con, où je te casse le bras», qu'il a murmuré. On m'a jeté dehors et l'émission, ce n'était même pas du direct. Ils ont réussi à effacer mon intervention. C'est juste après que j'ai eu des ennuis qui m'ont mené au centre d'injection. Depuis, ma poésie, je la garde pour moi, d'autant qu'elle est écrite sur du vent. J'aimerais bien, pourtant, lire un poème d'amour à la fille en jupe courte qui marche, les cheveux dénoués, juste devant moi.

Toi qui chevauches mes pensées
Sois en moi comme une prune
Pressée sur mon cœur électrique
Triphasé d'absence et de galaxies.

Je suis content de mon quatrain, mais si j'attrapais la fille par le bras pour le lui lire, *ils* me remettraient dans un centre. Je n'ai pas envie d'être regélifié. Même si les neurones repoussent autour des grumeaux de gelée. La vie est incroyable. Plus forte que la fibre et les ondes, elle gagne toujours. Mes neurones, le soir, j'aime les regarder dans un miroir – il en sort des touffes par mes oreilles, ça ressemble à des poils. Après, je m'endors, apaisé. À côté et au-dessous de moi, dans d'autres cages en béton, il y a les écrans des voisins. Je les entends, mais leurs ondes ne peuvent pas m'atteindre : j'ai tapissé tous les murs avec le papier argenté des tablettes de chocolat. Ainsi, je me protège des ondes tout en mangeant du chocolat, qui est bon.

*

La nuit, je ne dors pas, ou peu, de peur que les *Autres* pénètrent chez moi par la fenêtre. Ils le font parfois pour remplacer un débranché par un clone à eux. Je le sais, parce que c'est arrivé dans mon immeuble. J'avais une voisine que j'avais réussi à convaincre de se débrancher. Elle avait presque atteint le stade 2 (j'ai divisé le débranchement en quatre étapes : le nodule, les écrans, le courant électrique, les ascenseurs) et, quand nous discutions de son avancement, elle me disait les phrases convenues : « Paraît que demain, il va pleuvoir », ce qui signifiait qu'elle allait débrancher son ordurateur. Tout allait dans le bon sens quand, l'autre jour, j'ai vu un camion de déménageurs. J'ai tout de suite compris : *ils* la changeaient de cage pour la rebrancher. Je ne l'ai plus revue. À sa place, une jeune cadre, réseautée de partout. Quand elle me croise, elle a un petit remontis de la narine comme si je puais des pieds (c'est vrai que je ne prends pas de douche tous les jours, parce que les tuyaux, c'est aussi des conduits de surveillance). Au début, j'avais essayé un « Bonjour » timide, mais elle ne répondait même pas, avec ses écouteurs clippés directement à ses neurones auditifs. C'est une clone. On voit bien que la vraie vie est absente : corps parfait, visage triangulaire, petits talons clac-clac. Ce que je ne sais pas, c'est si les clones sont 100 % en synthétique ou s'*ils* les incubent dans des bassins nutritifs, comme dans les films de science-fiction qui font peur. Faudrait que j'en ouvre une, un jour, pour voir.

*

La nuit, quand je ne dors pas, je réfléchis. Ça se bouscule dans ma tête. Des livres que j'ai lus, qui reviennent, mais pas dans le bon ordre. Mon cerveau est une bibliothèque à l'envers. Je pense aussi en mathématiques, alors que, dans la journée, je serais incapable de résoudre une équation du second degré. La nuit, j'ai des formules qui scintillent. Ce sont mes neurones régénérés qui font du boulot en arrière-boutique… enfin, je crois.

*

La nuit, je revois toutes les filles que j'ai croisées dans la journée. Je les classe en catégories : clones, demi-clones, semi-humaines, presque humaines. Des vraies humaines, je n'en croise pas, ou alors des vieilles avec des cabas. Elles ne m'intéressent pas. Les jeunes ont toutes leur nodule relié par de la fibre au centre de pilotage. Je sais bien ce qu'il y a dans leur cerveau gélifié : devenir une star de la pseudo-réalité (une superclone des *Autres*) ; épouser Machin, l'acteur à la mode ; avoir une piscine pour bronzer autour. Je me dis qu'il y a probablement aussi des minijupes qui seront invitées sur des plateaux télé, plus tard, pour présenter leur livre sur le tonton aux mains baladeuses, 344 pages bien tassées concoctées par les logiciels de rédaction dans les sous-sols des officines éditoriales.

Je les range dans mon petit musée éphémère, et je leur lis mes poèmes du soir – elles ne peuvent pas protester, c'est bien fait pour elles :

Ton corps est une mouette
Attachée à la tempète
De mon cœur.

Je suis très content de ce tercet, dont le dernier vers est plus court, volontairement, pour accentuer la chute de la minijupe sur mon cœur, désarticulé et pantelant. En me relisant mentalement, je m'aperçois que j'ai mis un accent grave à « tempète » au lieu d'un circonflexe. Ça m'agace. Je jette le poème.

*

Il y avait une fille spéciale, dans la collection d'aujourd'hui. Très belle, mais vivante. Sans nodule, avec un livre à la main. Je n'ai pas osé l'accoster : je ne suis pas ce vicieux de Nabokov, ou l'autre écrivain zombi qui s'attaque aux collégiennes. Mais je lui ai lancé un poème, à la volée :

Tu es libre
De me voir ou de ne pas
T'envoler avec les pages
Comme des ailes.

Je jurerais qu'elle a senti mes vers l'effleurer. Elle s'est retournée et a souri dans ma direction. Peut-être à moi. Sur ce beau souvenir, je m'endors.

*

Quand je finis par m'endormir, je rêve. Là, c'était un rêve de lapin. Je suis inquiet : les rêves de lapin, ça signifie que je régresse. Le lapin est un animal à cerveau lisse comme une peau de bébé. Sur l'arbre de l'évolution, il se trouve sur une branche morte, qui ne va pas tarder à casser. Les bonnes branches sont occupées par les insectes, dont l'intelligence collective est supérieure à celle des primates. Et par les poulpes, qui disposent de neuf cerveaux, un central et huit qui pilotent chacun un tentacule. Et des neurones en pagaille. Ils ont aussi trois cœurs : c'est pratique en cas d'infarctus. Théodore Monod, l'allumé du désert, un type visionnaire, pensait que les poulpes nous remplaceraient : ils résistent aux radiations et sont capables de faire plein de choses avec leurs neuf cerveaux – par exemple, ouvrir un flacon en dévissant le bouchon pour aller grignoter une friandise. Bon, ils ont encore du chemin à faire, surtout en Méditerranée où les pêcheurs les attrapent pour les manger. Donc, quand je rêve de lapin, le lendemain je ne sors pas de chez moi de peur de régresser dans la rue. De me mettre brusquement à quatre pattes en poussant des cris de chimpanzé. Nous partageons 95 % de notre patrimoine génétique avec les chimpanzés, et c'est bien dommage. J'aurais préféré les bonobos, qui sont *peace and love :* un conflit se règle par une baise collective. Chez les bonobos, pas de Sauveur suprême, de religion vrai-Dieu et tout le toutim. Leur horizon mental, c'est le cul des dames bonobos un jour de printemps. Les chimpanzés, eux, se bastonnent du matin au soir, et ça gueule aussi fort que des supporteurs un jour de match. On pourrait remplacer les supporteurs dans la tribune par des chimpanzés, personne ne verrait la différence.

*

J'ai écrit un poème mental sur les bonobos :

Tes poux
Mon époux
Je les mange
Mon ange.

(L'épouillage est une activité sociale importante chez les primates, sauf chez l'homme, qui utilise des lotions fabriquées par les *Autres* ; elles accélèrent le processus de colonisation chez les enfants, à l'école.)

Matin. Un de mes neurones a profité de la nuit pour tenter de rejoindre une prise de courant (heureusement, celles de ma cage ne sont pas reliées au réseau électrique). Je tire dessus pour le faire revenir dans mon corps, mais il résiste. Je suis contraint de le couper avec les dents. Ça fait mal, mais c'est un bien quand même.

*

Dehors, c'est soleil et, malgré ma résolution de ne pas sortir à cause d'une régression possible en mode lapin, je ne résiste pas à la tentation d'aller observer les filles qui vont au lycée, pas loin. Les lycées, c'est des grandes cages remplies de filles ravissantes, et des garçons plutôt moches et boutonneux. Un de mes passe-temps favoris, c'est de deviner les filles qui se rasent le pubis. Il paraît que 80 % des femmes le font. C'est catastrophique. Autrefois, avant que je me décolonise, j'aimais bien enfouir mon nez dans le buisson odorant d'une femme. Soyons honnête, ça n'arrivait pas souvent. Et c'étaient des dames de « petite vertu », comme disent les revues paroissiales. Je les payais. Ce n'était pas une mauvaise affaire pour elles, vu que je me contentais de renifler leur mimi. Petit à petit, c'est devenu difficile de trouver des femmes vénales à foufoune garnie. Quand je leur demandais par téléphone si elles avaient du poil, elles répondaient, offusquées : « Non, mon mignon, tu penses bien, je me rase! – C'est dommage», je répondais avant de couper la communication. Maintenant, je ne vais plus voir les filles faciles: ce sont toutes des clones épilées. Je me contente de rêver avec les lycéennes et les étudiantes. Il paraît que certaines font des passes, en occasionnelles, pour payer leurs études, ou s'acheter un sac Vuitton – un symbole de colonisée. Mais je n'oserais pas demander. Et puis, sans poils, ça ne m'intéresse pas. Je préfère mon petit théâtre érotique personnel, rempli de filles débranchées et avec du poil au pubis et aux aisselles. Tiens, la rousse, là devant, je renifle une fragrance de sueur subtilement alliée à du vétiver. Une pas tout à fait colonisée. Si j'osais, je l'aborderais pour lui réciter un poème:

Mousse
Ma rousse
Pousse
Pouce.

C'est un poème idiot, mais la rime est riche, même si moi, je suis pauvre.

*

Je ne reste pas trop longtemps dehors. Je suis entré dans une boulangerie acheter une baguette à l'ancienne. *Ils* appellent ça «à l'ancienne» ou «tradition», mais c'est de la farine industrielle à laquelle *ils* ajoutent des produits pour colorer et donner du goût. Les camions qui livrent les baguettes «à l'ancienne» et les pâtisseries «maison» se garent discrètement, derrière les boutiques, pour que le client ne fasse pas le rapprochement avec les délicieuses mousses aux fruits rouges dans la vitrine réfrigérée, et les croissants pleins de bon beurre qui croustillent sur un joli napperon.

Les *Autres* ont inventé un monde parfaitement cohérent, qui imite la réalité. *Ils* ont conservé tout le dispositif social d'Avant : le travail, les cinémas, les cafés, les filles en minijupe. Et les élections. Incroyable que les gens ne se rendent pas compte que leurs dirigeants sont des clones. Ils ne font même pas semblant d'être humains. Quand j'avais encore des écrans, je voyais bien que les paroles du Président n'étaient pas raccord avec les images. Même les clones sophistiqués ont des petits dysfonctionnements qui devraient alerter. Je n'ai jamais voté : à quoi ça sert ? On remplace un clone par un autre. De plus, dans l'isoloir, il y a des capteurs qui scannent les gens et vérifient que ce sont de bons « citoyens ». Des fois, ils en capturent un ou une, pour l'ouvrir et voir comment clignote la petite lampe du choix. Le choix électoral est un indécidable : une fonction continue qui dérape à gauche, à droite ou donne dans le mur central. De toute façon, ce sont toujours les *Autres* qui gagnent. Un jour, j'ai fait semblant de voter. J'ai pris une pile de bulletins : « Avec Martin, tous les jours du pain », « Robichon s'occupe de vos oignons », « Marcel donne du sel à votre vie ». Il y a même un parti des animaux – moi, je voterais bien pour un chat, modèle Schrödinger : il est là et pas là en même temps. Il paraît qu'on a eu un président comme ça, une sorte de flux quantique désastreux. Donc, une fois, je me pointe au bureau de vote à une heure d'affluence. Je prends un bulletin au hasard : « Mes promesses sont vos caresses» j'ai cru lire, mais ça ne devait pas être ça écrit dessus. Je suis allé directement à l'urne, sans passer par l'isoloir. J'ai donné un nom, au hasard, et le type l'a trouvé sur sa liste. Ça prouve bien que tout ça, c'est du théâtre, avec des figurants. En sortant, tout de même, j'ai vérifié que *leur* Police ne m'avait pas repéré : j'ai pris le circuit labyrinthique numéro quatre, qui passe par des ruelles et des passages insoupçonnés. J'ai plusieurs circuits de secours. Il doit y avoir des ruptures de réseaux (fils électriques et autres) afin de créer une discontinuité de l'espace de surveillance. J'imagine le centre ce contrôle : « Ah ! zut ! on l'a encore perdu ! Il est fortiche ! »

Le problème des circuits labyrinthiques, c'est qu'il y a rarement des filles qui s'y promènent. Et quand il y en a une, elle presse le pas en jetant un regard inquiet derrière elle. Je lance un poème d'apaisement :

Cool
Ma poule
Je veux juste voir
Tes nichons.

Ce n'est pas très bon, mais créé dans l'urgence. Je peux remplacer « nichons » par « poils » ou « cul ». C'est l'avantage quand il n'y a pas de rime. En général, ça n'apaise rien et la fille accélère le pas. Pour ne pas attirer l'attention de *leur* Police, je bifurque vers un passage ou une rue adjacente.

*

Je ne suis jamais malade. La maladie est une invention de la Sécu, un organisme contrôlé par les *Autres*. Si tu as un numéro de Sécu, t'es cuit. À plus ou moins long terme, tu tomberas malade et tu seras obligé d'aller voir un médecin (un type qui passe son temps derrière son écran au lieu de t'ausculter, ça prouve bien qu'il est un clone piloté par les *Autres*). Après avoir vu le médecin, la Sécu t'oriente vers un pharmacien, qui regarde son écran et pianote sur son clavier, en fonction de ce que le médecin a écrit sur son ordonnance. Si tu prends le médicament, t'es cuit : c'est de la gelée, ça sert à accélérer la colonisation. Les gens l'ignorent, mais la gelée arrive chez le pharmacien sous forme d'un grand boudin continu, que les employés conditionnent en gélules ou pilules. Livrée par des camions, comme les gâteaux industriels, la nuit. Seuls les noms et les présentations changent. Si vous avalez les gélules et les pilules, vous êtes foutus : la gelée monte tout de suite au cerveau. Comme certains ont développé des résistances aux médicaments, *ils* les envoient dans des centres spécialisés – cliniques, hôpitaux –, où on les ouvre pour verser la gelée directement dans le corps. C'est encore la Sécu qui paie et qui contrôle. Moi, je n'ai pas de numéro de Sécu ni de carte vert caca. Donc, je ne suis jamais malade. CQFD.

*

Quand tu as pris conscience que la Terre est devenue le laboratoire des *Autres* et que les Humains sont les hamsters sur lesquels ils font leurs expériences, tout prend sens : les soldes de janvier, par exemple, quand des millions de femmes se ruent sur les magasins de fringues pour acheter des frusques qu'elles mettront trois fois. Dans les cabines d'essayage, il y a des caméras qui permettent aux *Autres* de mieux orienter les prochains soldes : ici, il faudra mettre du rouge à la place du vert ; là, de la dentelle noire ; ailleurs, remonter la jupe de deux centimètres (là, je suis d'accord). Les fringues, c'est comme les médicaments et les gâteaux industriels : elles sont livrées la nuit, par des camions sans plaques d'immatriculation. Il paraît que, dans la partie arrière du camion, il y a des ateliers clandestins où des enfants cousent les étiquettes « made in France » avant que les frusques griffées moins 50 % rejoignent les rayons.

*

Pour les hommes, la lobotomisation passe par d'autres canaux : notamment, le foot et le PMU. Le foot est une sorte de lutte de gladiateurs, mais sans mise à mort. Des gars avec des cuisses hypertrophiées et des petites têtes, qui courent après un « ballon » – une boule en cuir bourrée de capteurs, pilotée à distance par un maître de jeu, un *Autre* spécialement formé pour cela. En général, l'équipe qui gagne est bombardée de canettes de bière par les supporteurs de l'équipe adverse. Même les joueurs de l'équipe perdante sont visés par les canettes. Toutes ces pulsions pleines de testostérone sont captées par les *Autres*, qui les incorporent à la gelée. Les joueurs, eux, sont désactivés dans les vestiaires. On les stocke dans des entrepôts secrets, avec parfois des filles en minijupe pour leur tenir compagnie. Je n'ai pas vérifié. Une autre source importante d'approvisionnement en gelée masculine, c'est le PMU, une sorte de rituel qui se passe dans des lieux clos et enfumés. Les joueurs misent sur des chevaux portant des dossards numérotés. Les chevaux sont des machines très bien imitées, pilotées par les *Autres*, qui font gagner celui-ci ou celui-là en fonction du nombre de paris. Le but est de créer le maximum de frustration. La frustration génère des hormones spéciales, très efficaces pour la progression de la gelée. Il y a enfin le Tour de France, un parcours qui ne fait le tour de rien du tout, mais qui accapare l'espace public tout l'été. Des zombis en culotte moulante et maillot imbibé de sueur – une horreur ! –, montés sur des bicyclettes, se collent les uns aux autres en se reniflant le derrière. De temps en temps, un des coureurs tente d'échapper à la suffocation, mais il est vite rattrapé. Pour maintenir le suspense, les *Autres* en libèrent un à chaque étape. Sans ça, les décérébrés qui s'agglutinent sur le parcours en camping-car iraient voir ailleurs. On dit que, le soir, pendant que les coureurs sont piqués aux hormones par des infirmières en mini-jupe, on essore leurs maillots et leurs moule-bite pour en extraire un adjuvant très efficace pour la prise de la gelée.

*

Quand on est vacciné contre les soldes, les matchs de foot, le PMU et le Tour de France, on regarde les humains en cours de colonisation avec un mélange de tristesse et d'apitoiement. Surtout les filles en minijupe, à qui je lance des poèmes désespérés :

Cesse de te raser
Sois toi
Mange la vie.

Sans effet, malheureusement.

Je suis tombé sur ce cahier par hasard, en emménageant dans un nouvel appartement. Il était caché derrière une fausse poutre en Polystyrène. J'ai commencé à lire. Son auteur est fou. Mais un fou très inventif, avec une théorie du complot sophistiquée. Ceux qu'il appelle les *Autres* sont censés nous piloter dans chaque instant de notre vie. Il n'a peut-être pas complètement tort. Quand on connaît les ressorts de la manipulation mentale et tous les efforts déployés par les publicitaires pour nous faire acheter tel produit ou tel autre, on se rapproche indubitablement du monde cauchemardesque enfermé dans la tête de l'auteur de ce Journal. J'ai essayé d'en savoir plus sur lui, en interrogeant sa voisine, une fille canon mais hors-sol. Elle a cru que je la draguais et m'a claqué la porte au nez. Ça correspond assez bien à la description qu'en fait Germain (j'ai décidé de l'appeler « Germain », comme moi, pour lui donner une présence plus charnelle). Un fin observateur de son environnement, même à l'ouest.

Je bosse dans un Bureau inconnu du public, où nous analysons les phénomènes de foule et pouvons intervenir à temps pour limiter les calamités. Nous dépendons de plusieurs ministères, ce qui ne simplifie pas les canaux de décision, chaque ministre prétendant être le maître de ce bureau sans nom. J'ai accès au niveau deux : ça signifie que je peux demander des fiches d'analyse sur des groupes restreints, mais pas sur des individus. Dommage, car je suis persuadé que mon prédécesseur dans l'appartement a sa fiche dans les profondeurs du Cloude, le gigantesque ordinateur qui occupe le centre du bâtiment. Il faudra que je me rapproche de « Base3 », qui travaille au niveau trois et qui a peut-être accès au dossier de Germain. Nous prenons parfois un pot ensemble après le travail. Sans être « amis » (un mot qui a disparu des dictionnaires), on sympathise. Je ne connais pas son nom – son badge porte seulement cette mention : « Base3 » – pas plus qu'il ne connaît le mien mais, pour nos rapports, ce n'est pas nécessaire.

Je pourrais croire en l'existence d'un dieu. Mais pas le Dieu des religions, très riquiqui.

Le mien serait protéiforme, assez proche du Plérôme des gnostiques, pour qui le monde réel est le produit d'une maladresse (hypothèse basse) ou de l'intention malveillante (hypothèse haute) d'un démiurge. Seuls les adeptes possèdent en eux un fragment de la divinité, qu'il faut faire remonter au jour pour retourner dans le Plérôme. À l'opposé des mythes de la Création des religions du Livre, cette vision rend perceptible l'absurdité du monde.

Dans ma « religion » personnelle, Dieu serait une entité mathématique, un ensemble infini qui contiendrait tous les ensembles de nombres, les entiers positifs, les entiers négatifs, et même les irrationnels et les transcendants. Sans dimension ni temporalité, une sorte de trou noir originel. Les pythagoriciens s'étaient approchés de cette notion, mais ils ne concevaient pas qu'existassent des monstruosités comme zéro ou racine carrée de 2. Si Dieu existe, c'est un monstre malveillant, c'est les *Autres*.

*

Les religions ont été inventées par les hommes comme métaphores de l'indicible. Pour moi, ce qui s'approche le plus de la divinité, c'est une fille sublime. Connaissez-vous la parabole du Poète et de la Fille en minijupe ? Un Poète vivait dans une cage scintillante, car il avait tapissé ses murs de papier de chocolat. Une fille en minijupe allait sous les fenêtres du Poète ; elle tenait un livre à la main – justement, un recueil des poèmes écrits par le Poète, qui, autrefois, avait eu du succès. Mais tout le monde l'avait oublié ; on pensait qu'il était mort, parce que les Poètes meurent jeunes quand ils ne deviennent pas trafiquants d'armes comme Rimbaud, ou fous comme Rodanski. Mais c'est faux, et c'est le plus cruel : les poètes vivent souvent très vieux, et ils voient passer sous leur fenêtre une fille merveilleuse en minijupe, un livre à la main. Et la fille marche, soulevée par les mots du Poète, qui a écrit :

Les murs
N'ont pas d'âge.
Ils crient la jeunesse
Qui les renverse.

C'est beau. C'est moi qui l'ai écrit. Mais la fille ne le sait pas et passe sous ma fenêtre en rêvant au Poète jeune, les cheveux au vent, qu'elle aimerait embrasser sur une plage, un soir de printemps. Il ramasserait un galet et écrirait dessus avec l'écume de la mer : *« À toi / Que la mer / Lisse / Comme le sel / d'Ulysse. »* Un poème plutôt raté, parce que la fille est tellement belle et que le Poète est super-troublé par son odeur de marée (elle ne s'épile ni les aisselles ni la foufoune, un vrai miracle). Elle le regarde, lui sourit. Ses lèvres sont des conques charnelles…

Mais non, le Poète est vieux, amer, chauve, édenté.

Et tu passes sous ma fenêtre, ignorant que le Génie est à portée de ta main qui tient le livre du Poète. En logique, on appelle cela un diallèle : un argument qui tourne sur lui-même, qui est une bonne métaphore de l'Enfer. Donc, si Dieu existe, il a inventé le monde par hasard, ou par méchanceté. Dans une perspective désespérante, on ne peut qu'anticiper sa fin, sans parousie ni eschatologie. J'aime bien ce mot, parce qu'il est proche d'un autre où traîne le parfum des filles qui ne se rasent pas.

*

Les *Autres* sont peut-être les anges de la Divinité, chargés de mettre fin à une expérience qui a mal tourné, la Vie. Il existerait 10^{23} étoiles dans l'Univers (environ dix mille milliards de milliards), et on en découvre dix milliards chaque jour ! La Voie lactée, qui est une galaxie de taille moyenne, en contient 234 milliards et, au centre, un maxi-trou noir qui avale tout, comme Saturne ses propres enfants. Pourquoi la vie serait-elle apparue sur une seule planète d'un système stellaire périphérique d'une galaxie moyenne ? Quand on a à sa disposition dix mille milliards de milliards d'étoiles, on peut mener des expériences dans plein d'endroits. Certaines réussissent, d'autres pas. Pas de chance : nous sommes dans la seconde catégorie. Dieu, donc, envoie ses anges, les *Autres*, pour effacer une expérience ratée. Mais peut-être les envoyés de Dieu vont-ils se rendre compte qu'ils se sont trompés dans les prémisses : ils relisent le bordereau divin – « Ah, zut ! On s'est gourés d'espèce, ce n'étaient pas les primates mais les poulpes qu'il fallait asticoter. » Donc, après contrôle du bureau intergalactique X25439ZE2154, un sous-chef divin – pas un séraphin ni un chérubin, un simple trône – donne l'ordre d'effacer l'Humanité et de préparer les poulpes au destin grandiose qui les attend.

*

Pourquoi je raconte cela à ce Journal ? J'ai mal à la tête, ça grésille de partout. Mes papiers d'argent prennent une teinte inquiétante. Une attaque d'ondes ! Vite, je mets mon casque anti-ondes (une passoire en plastique doublée de feuilles de laitue) ; ça me calme instantanément. Je jette un œil par la fenêtre : il y a une camionnette garée depuis ce matin. On installe la fibre dans l'immeuble, je pense. C'est pratique, comme ça les branchements seront plus efficaces – la décérébrée d'à côté pourra relier son nodule directement au supercalculateur des *Autres*.

*

Les Humains sont des lemmings. Incapables de réguler leur population, ils se précipitent vers la catastrophe, que les *Autres* ont préparée en suivant les instructions du sous-bureau intergalactique X25439ZE2154.

*

Je regarde par la fenêtre. La camionnette est toujours là. C'est un modèle *qui n'existe pas encore*, j'en suis sûr (je m'y connais un peu en automobiles). Dans le bureau des accessoires, ils se sont trompés. Elle vibre et se dilate. C'est une bionique : elle baigne dans la gelée nourricière et fait monter dans la fibre les éléments gluants pour connecter les cerveaux.

*

Il y a quelques années, le responsable d'une chaîne télévisée avait avoué que son but, c'était de fournir aux publicitaires « du temps de cerveau disponible ». C'était une demi-vérité. Connectés aux écrans, les humains sont en permanence disponibles pour les *Autres*, qui profitent de ce temps d'accès illimité pour badigeonner leurs neurones de la répugnante purée gélifiante. Sept milliards d'humains à gélifier, ça prend du temps. Tous les moyens sont bons. Combien sommes-nous à leur résister ? Peut-être la Fille avec un livre à la main ?

Rapport XCV23.5698. Du bureau de contrôle multimodal du Jardin des Ploutes, au sous-directeur adjoint de l'opération *Human Erase*.

Monsieur le Contrôleur multimodal,

Nous avons installé, comme précisé dans la notice, un champ bionique de transmutation aléatoire au moyen d'une fibre normalisée, à l'adresse du dénommé Germain X. L'opération, discrète, a été menée à bien grâce à l'agent Bimbo 24.6523 déjà implémentée au réseau et voisine de la cible. Attendons instructions pour la phase deux.

(Signé : illisible.)

Grâce à Base3, j'ai eu accès à ce document ultra-confidentiel. Je n'en reviens pas : Germain s'appelle *vraiment* Germain, comme moi, et il n'est pas fou ! Ou alors sa folie s'ajuste parfaitement avec le monde réel. Je ne sais plus que penser. Ou encore : Base3 me ferait une sale blague en inventant un formulaire fictif. Mais, dans ce cas, comment saurait-il pour la bimbo du palier : je ne lui en ai pas parlé...

D'un coup, je suis submergé par un flot d'hypothèses : et si mon installation dans l'appartement de Germain avait été préméditée (c'est le Bureau qui m'a fourni l'appartement) ? Pour quelle raison ? Que je trouve son Journal ? Et si le Journal de Germain était un faux ? Pour m'éprouver ?

Cette nuit, j'ai encore rêvé. Un rêve récurrent : je suis dans l'eau, je nage avec aisance au milieu de naïades exquises. Plongeant sans effort pour admirer leurs foufounes flottant comme des algues. Dans la vraie vie, j'ai horreur de l'eau et ne sais pas nager. Dans mon rêve, je me réveille toujours au moment où la foufoune va s'ouvrir et me révéler le sens de la vie.

*

Je suis descendu dans la rue. Il faisait beau. La camionnette a disparu, mais la fibre n'est pas installée. Soit ils se sont aperçus qu'ils s'étaient trompés de modèle d'automobile, soit c'étaient des ouvriers syndiqués. Ma voisine sort en même temps que moi, sans me saluer, avec ses écouteurs greffés à vie sur ses lobes temporaux. Il me semble voir un tentacule dépasser de son chemisier – elle s'en aperçoit et le remet prestement dans son soutien-gorge. Je suis troublé : serait-elle un produit hybride humain-poulpe ? Je l'imagine avec deux cerveaux aux talons, écrasés par ses escarpins à semelle compensée. Pouffiasse !

À la boulangerie, il n'y a pas – ou plus – de baguette « à l'ancienne ». Je ne suis pas surpris. Ça fait partie de la stratégie des *Autres* : créer un besoin, ensuite une accoutumance, puis une frustration. Rien de tel qu'une bonne frustration, ça vous met les foules en colère plus sûrement qu'un illuminé mené au lieu du Crâne. Je prends les croissants, peu croustillants et imbibés d'huile.

*

Je me dirige vers le lycée, dans l'espoir de croiser la fille qui tient mon livre à la main. Sauf que je n'ai pas publié de livre, à part le faux livre écrit à la manière des sous-produits de logiciels, et surtout pas de recueil de poèmes. À moins que je l'aie oublié. La Fille épatante se demande peut-être : qu'est devenu le Poète sombre ? Sur la quatrième de couverture, ils ont écrit : « *On ne connaît du Poète que ce recueil, unique dans tous les sens du terme. Quand il a disparu, ses amis ont retrouvé dans sa chambre des fragments épars, qu'ils ont collationnés en vue de la publication de ce livre. Le Poète restera un mystère. Nul ne saura jamais s'il est vivant ou mort.* » Mais si, il est vivant, il est là ! Je suis là ! Oh oh ! derrière le mur de verre de ma douleur. O chérie ! Retourne-toi ! Tu me reconnaîtras. Mon livre est un passage vers le vrai monde des illusions. Viens ! Je te conduirai à moi et je goûterai enfin au doux parfum de tes aisselles et de ton pubis non rasés.

*

Derrière les papiers d'argent qui tapissent mes murs, j'entends des galopades, des rires. On m'épie. On se moque de moi. Les murs sont en béton plein, pas en brique creuse, j'ai vérifié. Et pourtant, ça galope comme une tribu de loirs affamés. Il faut me rendre à l'évidence : il existe des êtres bidimensionnels qui partagent avec nous ce monde flou, qui perd chaque jour un peu de sa réalité. Edwin Abbott en avait eu le pressentiment, en écrivant *Flatland*, sorte de conjecture géométrique. Sauf qu'il devait savoir, lui, qu'on ne rigole pas avec les dimensions : « Si les Triangles extrêmement pointus de nos Soldats sont redoutables, on n'aura aucune peine à en déduire que nos Femmes sont plus terribles encore[1]. » En vérité, les triangles féminins qui hantent mes murs, à peine voilés de minijupes vaporeuses, me rendront fou. Leurs rires me transpercent comme des glaives.

J'ai demandé à ma voisine si elle entendait des galopades dans le mur de séparation de nos logements. Elle a daigné retirer un de ses écouteurs pour me faire répéter. En guise de réponse, elle a seulement fait non de la tête, avant de se rebrancher. Quelle conne ! ou plutôt : quelle clone !

Abbott imaginait-il qu'un jour les physiciens découvriraient d'autres dimensions ? 10, 11, ou même 26 ! Des « cordes ». Des dimensions minuscules. Pourquoi se limiter à 26 ? L'Univers est multiple et infini. Ses dimensions sont multiples et infinies. Le multivers. Les *Autres* se déplacent d'un monde à l'autre, d'une expérience à l'autre, rectifient ici, effacent là. Nous sommes dans une phase d'effacement, ultime avatar d'un monde raté. *Human Erase* ! Yeah !

*

1 Edwin Abbott, *Flatland*, page 42. Présence du Futur, Denoël, 1984.

Les livres aussi prolifèrent. J'ouvre le *Manuscrit trouvé à Saragosse*, un des trente ouvrages que j'ai conservés de ma bibliothèque initiale de six mille volumes. Écrit en français par un prince polonais, Jan Potocki, qui se suicida d'une manière originale : à chaque crise de neurasthénie, il limait le cabochon de son sucrier ; lorsque le cabochon entra dans le canon de son pistolet, il se le tira dans la tête. Le *Manuscrit* est une œuvre aux emboîtements narratifs sans fin. Stade ultime du picaresque et, en même temps, pastiche d'un genre dont il montre les limites jusqu'au vertige. On n'en connaît pas de manuscrit (pas de manuscrit du *Manuscrit,* donc). Pendant longtemps, seule une version tronquée a circulé. Puis on a découvert une version plus riche, mais toujours pas l'originale, dont on sait seulement que Potocki en fit imprimer quelques exemplaires à Saint-Pétersbourg. Mise en abyme du sens et de la forme, le *Manuscrit* est le livre définitif, la bibliothèque sans fin explorée par Borges réduite à un seul ouvrage, comme son *Livre de Sable*.

*

Un jour, on trouvera mon Journal, caché derrière la fausse poutre en Polystyrène de ma cage. Et la Fille éblouissante, qui plus tard fera une thèse sur le Poète sombre, découvrira que son auteur fétiche habitait à côté de son lycée, qu'elle allait chaque jour promener sous sa fenêtre ses aisselles et sa foufoune prodigieuses.

Poils immenses
Et bénéfiques
Qui irradient tels des rhizomes
De pluie.

Je suis assez content de celui-ci, amphigourique mais bien troussé.

*

Mes neurones ont encore poussé. Ils créent autour de moi un réseau protecteur, contre les ondes et les loirs à deux dimensions qui galopent jour et nuit dans le mur, dans ma tête. J'en deviendrais fou si je ne l'étais déjà. Ne croyez pas que je sois hors de moi quand je suis tout entier *en moi*. Avec les neurones autour, comme une couronne royale, une traîne nuptiale. Ma voisine m'a lancé un regard, du genre : « Pourriez pas aller chez le coiffeur ? » Je ne peux pas lui révéler que ce sont des neurones, pas des cheveux.

Rapport XCV23.5699. Du bureau de contrôle multimodal du Jardin des Ploutes, au sous-directeur adjoint de l'opération *Human Erase*.

Monsieur le Sous-Directeur,

Comme prévu, j'ai lancé les nano-nodules dans le mur. Avec leur perforateur subsonique, ils se déplacent sans difficulté. La cible se croit folle, je m'en rends compte quand elle regarde mes faux seins (l'autre jour, un tentacule a surgi au moment où il me fixait de ses yeux globuleux). Elle me fait peur, et m'excite également. Il y a quelque chose d'océanique chez lui. Une algue primordiale, peut-être.

Agent Bimbo 24.6523

Je vais me promener au jardin des Plantes, juste en face de mon immeuble. Le « jardin des Ploutes » comme dit le fils de trois ans de mes voisins du dessous. Un couple charmant, hyperconnecté. Curieusement, le père, qui bosse dans l'informatique, refuse à son fils l'usage des écrans. Il sait de quoi il parle ! Un jour, nous étions dans l'ascenseur et le petit voulait attraper le nodule de son père ; il s'est vertement fait remettre à sa place. Dans un ascenseur ! Une cage de Faraday. Autant y mettre un lion affamé.

C'était avant la phase 4 de mon débranchement. La plus pénible – j'habite au sixième, sous les toits. Monter à pied ne me pose désormais plus de problème, j'évite les heures de départ ou de retour des bureaux et de l'école pour ne pas me faire remarquer.

*

Au jardin des « Ploutes », j'aime regarder les canards. Une fois qu'on sait que les gris c'est les femelles et les chatoyants les mâles, on comprend mieux leurs agissements. Les mâles se chamaillent souvent. Pourtant, les femelles sont plutôt moches. Comme c'est le printemps, la sève monte partout dans les arbres. Je l'entends. Je soupçonne les *Autres* de l'utiliser pour coloniser la végétation. Parfois, quand je regarde trop longtemps la pelouse – celle avec le gros nounours endormi –, j'ai mal à la tête, comme si l'herbe poussait dessus, au milieu des neurones. Et j'ai souvent des migraines dans ces cas-là. Mi-*graine*, dirait Jean-Pierre Brisset, qui avait compris que les mots sont des espaces de résistance à la colonisation : des graines insuffisantes pour achever le processus mental de résignation.

Je m'assois sur un banc, pour regarder les filles en minijupe qui vont à la gare toute proche. Elles ne font pas attention à moi, un petit vieux un peu crasseux dans des vêtements informes. Leurs capteurs m'enregistrent : « Aucun danger ! » et elles poursuivent leur babillage stupide avec X ou Y, autre clone de l'influenceuse du moment. « Influenceuse. » J'ai découvert le mot dans un article du *Ouest-France* ramassé sur le banc. Ils sont très forts, les *Autres* ! Des bataillons de clones influenceuses pour accélérer le processus de colonisation. C'est vrai que les filles en minijupe se ressemblent toutes : même tenue vestimentaire, mêmes accessoires, mêmes faux ongles – et si je soulevais leur jupe, mêmes strings en dentelle rouge et mêmes pubis glabres… une horreur ! Certainement un ordre subliminal pulsé par les influenceuses vers les nodules. J'adresse à ces filles perdues un poème de révolte…

Reprends ton corps
Arsenal du désir
Matins qui chantent l'amour
Orgasmes lanceurs de pavés.

Je l'ai jeté sur un groupe de lycéennes ; elles m'ont regardé en pouffant de rire. Connasses !

Je vois passer la Fille rayonnante. Horreur ! Elle n'a plus mon livre à la main (enfin, celui que je n'ai pas écrit), mais un nodule, qu'elle a collé à son oreille. Panique. Comment la prévenir ? J'improvise un poème d'alerte :

Livre Livre Livre
Tu sauveras la passerelle
Du cœur sous les chardons
Des aspérités fibreuses.

Pas terrible, mais écrit dans l'urgence. Je le lance à la volée. Elle a surpris mon geste. Mais elle n'a pas pouffé de rire, comme les lycéennes décérébrées. Juste regardé, intriguée. Tout n'est pas perdu !

*

Quand je retourne à mon immeuble, je croise devant les serres mon petit voisin avec sa maman. « Maman, pourquoi le monsieur il a les cheveux longs – Tais-toi ! Ce n'est pas poli de montrer les gens du doigt. » Et la maman me sourit, gênée. Il faut que je trouve une solution – mes neurones prolifèrent sans que je puisse les contrôler… Leur rôle protecteur est avéré. Une sorte de pluie d'ondes positives me baigne et m'apaise. Peut-être un bonnet ?

*

La nuit dernière, j'ai fait un rêve de canalisation qui fuit. Récurrent aussi, celui-là. Pour une fois, j'ai réussi à atteindre le gros robinet afin de couper l'arrivée d'eau. C'était dans les toilettes, au milieu de matières spongieuses – mais propres. Quelqu'un, au-dehors, me déconseillait de tourner le robinet. Un agent des *Autres* ? Une fois le robinet fermé, tout est devenu très sec. Et la voix extérieure s'est tue. C'est un avertissement de mon moi profond : les *Autres* maîtrisent tous les fluides. Il vaut mieux désormais que j'utilise uniquement de l'eau en bouteilles. Pour tout. Six étages à pied avec un pack quotidien de six bouteilles, cela fait une bouteille par étage. Et au bout de cent onze jours, 666, qui est le chiffre de la Bête. Je ne suis pas superstitieux, mais j'en prendrai une de moins ces jours-là.

*

Internet a été développé par des hippies pour le compte de la Darpa, le laboratoire de l'armée américaine chargé des innovations – le même qui testa le LSD pour créer un soldat invincible. Sans Internet, pas de nodules. Sans nodules, pas de colonisation. Il y a une logique terrifiante dans la stratégie de conquête des *Autres*. Pourquoi suis-je le seul à m'en apercevoir ?

Tel Cassandre
Je me tiens à la proue
D'un monde dévasté.
Nul n'entend
Mon silence.

Je suis assez content de ce poème, que je glisse, essoufflé, derrière la plinthe mentale de l'escalier, entre le quatrième et le cinquième étage, après avoir posé mon pack de six bouteilles.

*

Ce soir, j'ai ouvert une boîte de sardines à l'huile « Phare d'Eckmühl ». Les meilleures. J'aime les accompagner de carottes râpées, une recette de maman. Quand j'ai réussi à soulever le couvercle, en m'aspergeant d'huile, j'ai vu les petites bêtes qui se tortillaient, semblant m'implorer de ne pas les manger – ce qui est étrange, puisqu'elles sont déjà mortes et privées de tête. L'une essayait de me dire quelque chose. J'ai approché mon oreille, mes neurones pendouillant dans l'huile d'olive citronnée, et j'ai entendu distinctement : *« Aureus – Domus – Faber*[2] *»*. Comment une sardine à l'huile peut-elle proférer ces trois mots latins comme un avertissement ? Cela évoque la *Domus aurea* de Néron, à Rome, un palais insensé aux murs tapissés de feuilles d'or ; un peu comme les miens le sont de papier de chocolat. Y a-t-il un rapport ?

*

Il faut que je rachète des bougies. Entre celles qui m'éclairent quand j'écris et les lumignons utilisés pour la vie courante, mes réserves s'épuisent vite. Surtout depuis que j'ai fermé les volets pour mieux me protéger des ondes alpha-gamma-plus émises par les *Autres*.

2 « Doré – maison – artisan »

Rapport XCV23.5700. Du bureau de contrôle multimodal du Jardin des Ploutes, au sous-directeur adjoint de l'opération *Human Erase.*

Monsieur le Sous-Directeur,

Je suis inquiète. La cible est devenue invisible. Je l'ai suivie au jardin des Plantes (il faudra désormais rectifier le mot dans les ordres de mission; j'avais mal entendu), et elle a réussi à échapper à ma surveillance. Son casque neuronal semble une protection efficace contre les nano-nodules dispersés dans le mur de séparation de nos appartements. Tout n'est pas perdu: son comportement commence à attirer l'attention. Dans le jardin, je l'ai vu se lever brusquement et lancer quelque chose vers un groupe de lycéennes en minijupe. J'ai pensé à de l'eau bénite, mais les lycéennes ne se sont pas mises à crier. Juste à pouffer, comme des connes. Il devait s'agir d'un rituel symbolique obscur. C'est juste après cet incident que la cible a disparu: au moment où passait une fille magnifique, il s'est pour ainsi dire volatilisé.

Agent Bimbo 24.6523

Décidément, je suis de plus en plus perturbé par les messages que me transmet Base3, qui suivent rigoureusement mon processus de lecture du Journal. Le Bureau aurait-il installé des caméras dans mon appartement? Afin d'anticiper mes interrogations et de fournir un argumentaire *ex nihilo*?

Dans ce cas, le complot des *Autres*, qui obsède Germain Un (mon collègue m'a confirmé que c'était bien son prénom !) est-il une pure chimère d'un esprit malade... ou le Bureau joue-t-il un rôle dans un vaste projet de contrôle généralisé de la population ? Dont je serais moi-même un rouage ?

Incroyable ! Ce matin, je suis sorti faire quelques courses. La cathédrale a disparu. À la place, une sorte de béance ouatée, un trou noir architectural, mais blanc, indécis. Un trou blanc, c'est troublant, dirait Jean-Pierre Brisset. Ce n'est plus la mode de démonter des monuments en France pour les reconstruire, pierre par pierre, chez de riches Texans. Donc, c'est les *Autres*. Leur plan entre dans la phase « Planète *bis* ».

Autour de moi, les promeneurs ne semblaient pas perturbés par l'absence de la cathédrale (un sacré morceau, tout de même). Tous avaient le nodule accroché à l'oreille, ou à la main. Pauvres colonisés ! Parfois ils me font pitié. Je me suis approché d'une fille en minijupe, qui semblait regarder la béance. « Vous avez vu ! *Ils* l'ont enlevée. » Elle m'a jeté un regard terrifié et s'est éloignée à pas pressés.

Je me suis penché sur le trou. C'est bizarre : la camionnette des poseurs de fibre flottait au fond, sur la ouate dont le blanc *crépitait* au contact de la carrosserie, comme une sorte de réaction électrique. Pourquoi ont-ils fait tomber la camionnette dans le trou ? Je ne sais pas. En tout cas, les ouvriers n'étaient pas dedans. Ou morts. Tandis que je me penchais – dangereusement –, mes neurones protecteurs grésillaient autour de moi, m'implorant de reculer de toute urgence.

Le reste de la ville était en place : le château, la tour Bretagne (entre nous, *ils* auraient mieux fait de kidnapper cette horreur), l'hôpital… Pourquoi commencer par un monument « sacré » (je mets des guillemets, car je suis athée) ? Peut-être que, sur la planète *bis*, ils ont besoin de symboles forts : cathédrales, grandes mosquées, synagogues, Taj Mahal…

*

Je me suis brusquement rappelé la nouvelle de Borges, *Tlön, Uqbar, Orbis Tertius*. J'en ai possédé autrefois une belle édition, en anglais, illustrée par Rikki. De mémoire, le narrateur découvre une encyclopédie chez un libraire (ou on lui offre… Je pourrais vérifier dans le premier tome de la Pléiade, que je possède toujours) : elle contient une notice sur des artefacts provenant d'une planète qui n'est pas la Terre. Une sorte de société secrète est chargée de mettre au jour et de cataloguer ces objets non terriens. Vers la fin de la nouvelle, le narrateur comprend que les membres de la société secrète, en révélant les artefacts et les coutumes de la planète *bis,* n'ont d'autre but que de prendre le pouvoir sur la Terre et de la transformer en cette planète *bis*. Dans son aveugle clairvoyance, Borges tente de nous alerter sur la colonisation de notre petite planète par les *Autres*.

*

Autre fait troublant : les Ummites, qui sont apparus dans la littérature parascientifique dans les années cinquante. Les habitants d'Ummo, une planète extrasolaire, ont envoyé une mission sur Terre, qui a atterri en France

– selon Jean-Pierre Petit, l'un de leurs porte-parole, un physicien respecté : «*Le 28 mars 1950, à 4 h 16 mn 42 s GMT, trois de nos nefs apparurent subitement en un point situé à 7,338 km au-dessus d'un endroit situé à 13 km de la ville de Digne […]. Les trois vaisseaux […] touchèrent le sol à 4 h 17 mn GMT. Les pieds extensibles s'enfoncèrent à peine dans le terrain rocailleux d'un contrefort alpin, […] non loin de la Bléone.*» Pourquoi dans ce coin paumé des Alpes, mystère ! Les coordonnées sont suffisamment précises pour que les curieux aillent vérifier par eux-mêmes. Pour les scientifiques, les Ummites posent problème, pas tant par leur existence (le canular a rapidement été éventé) que par les concepts en physique – notamment en magnétohydrodynamique (MHD) –, qu'ils semblent maîtriser et dont ils ont généreusement fait cadeau à l'Humanité. Une des hypothèses avancées serait qu'un groupe de chercheurs, en rupture avec la «communauté» scientifique de leur époque, aurait trouvé ce subterfuge pour aiguiller leurs confrères vers des domaines peu explorés. L'autre hypothèse serait une société secrète, genre Illuminati, qui mettrait au jour des documents non terrestre pour transformer la Terre en Ummo (entre nous, ce ne serait guère pire que ce que les hommes ont réussi à faire jusqu'ici). La troisième voie, celle qui a ma préférence : Ummites = *Autres*. Point barre.

*

La théorie des cordes débouche sur des horizons fascinants (*horizon* au sens «horizon des événements», le bord du trou noir où l'énergie se perd tout en rejetant une partie de son information, le rayonnement de Hawking). Dante ne l'avait-il pas prédit, dans son *Enfer* ? « *Abandonne tout espoir, toi qui entres ici…* » Le multivers constitue une excroissance hasardeuse de cette théorie hérétique.

*

Si l'Église avait encore du pouvoir et s'était convertie au modèle standard, les tenants de la théorie des cordes brûleraient comme des torches, rejoignant les martyrs du savoir : Gabriele Veneziano se tortillerait sur son bûcher en compagnie de Giordano Bruno, de Michel Servet[3], d'Étienne Dolet, et d'autres. La liste, malheureusement, est longue et jamais close ! Aujourd'hui, on se contente de placardiser les effrontés, et on leur coupe les vivres (ce qui vaut mieux que de se les faire couper à la mode Abélard). Sans financements, les recherches les plus prometteuses prennent la poussière sur les étagères des ministères. Probable que les *Autres* n'ont guère envie qu'on découvre qu'ils viennent d'un autre coin de l'espace-temps, se baladant dans le multivers par les fameux « trous de ver ».

*

De retour à mon immeuble, j'ai vu la camionnette des poseurs de fibre garée le long du trottoir. Je ne comprends plus : la camionnette serait-elle un objet quan-

3 Même si le pauvre Servet a été victime de l'infâme Calvin. Contre les libres-penseurs, catholiques et protestants : même combat !

tique surdimensionné – présente là où l'observateur pose son regard? Dans ce cas, la fibre ferait transiter un flux de particules non homogènes à spin négatif. Je ne sais pas trop ce que ça veut dire: j'ai écrit cela comme si une voix me l'avait chuchoté à l'oreille.

*

Dieu! que j'ai mal à la tête. Je dois trouver une solution pour apprivoiser mes neurones protecteurs. En attendant, je vais prendre mes cachets. J'ouvre l'armoire à pharmacie: un tentacule se rétracte en vitesse… D'où sort-il, celui-là? du mur? les créatures murales à deux dimensions auraient-elles le pouvoir de se métamorphoser en poulpes?

*

Je repense à la sardine à l'huile délivrant son curieux message: «*Aureus – Domus – Faber*». Je me souviens que *faber* désigne à la fois l'artisan et un poisson de mer, «la dorée»… Une cousine de la sardine? Cela expliquerait le rapprochement *aureus / faber*. Quant à *domus*, peut-être voulait-elle simplement me signaler qu'elle barbotait à l'aise dans sa maison de métal…

Rapport XCV23.5701. Du bureau de contrôle multimodal du Jardin des Ploutes, au sous-directeur adjoint de l'opération *Human Erase*.

Monsieur le Sous-Directeur,

Il y a eu un cafouillage spatiotemporel hier matin. Les précolonisés ne s'en sont pas aperçus (« Béni soit le Nodule ! »). Mais la cible, oui. Ses cheveux poussent à une vitesse alarmante, et parfois je les vois scintiller dans un rayon de soleil. Il est de plus en plus crasseux et, heureusement pour nous, les gens s'écartent spontanément de lui. Quand il est rentré chez lui, je l'ai entendu murmurer au sujet de « flux quantique » qui transiterait par la « fibre »... S'il savait de quoi il s'agit, le pauvre ! Vous n'avez toujours pas corrigé l'erreur de nom du jardin : « Jardin des **Plantes** *» et non : des « Ploutes » comme l'appelle le petit gosse du quatrième... Le seul qui ne semble pas être dégoûté par la cible. Curieux...*

Agent Bimbo 24.6523

Ce n'est pas possible : Base3 a monté un canular dont je serais le seul destinataire ! Pourtant, nous ne sommes pas le 1er avril ! Quand il me transmet ces messages censés être ultra-ultra-secrets, il fait mine de prendre un air de conspirateur. Des gouttes de sueur perlent à son front (sans doute s'asperge-t-il avec un vaporisateur juste avant d'entrer dans mon bureau). Quand il m'a tendu ce mémo, il a précisé d'une voix angoissée: «Je compte sur toi pour ne pas divulguer ces informations, en provenance de la Direction Z. Tu comprends ce que je veux dire!» Alors que j'allais lui lancer une vanne, du genre: «Ah! un nouveau chapitre du feuilleton complotiste!», de savoir que, potentiellement, les notes viennent de la Direction Z me donne soudain la chair de poule. On ne parle pas de la Direction Z, qui est censée ne pas exister. Alors, pourquoi Base3 transgresse-t-il l'interdit majeur du Bureau? A-t-il reçu des ordres en ce sens de la part d'une direction qui n'existe pas? Cela m'intrigue et m'inquiète à la fois.

Autre rêve. Nous sommes en voiture, mes parents, mes trois sœurs et moi. Papa conduit la 403 noire – une voiture solide et dans laquelle nous logeons tous, les quatre enfants à l'arrière et maman sur le siège du passager avant (« la place du mort », comme on disait avant la généralisation des ceintures de sécurité). Nous rentrons du village natal de papa, où nous avons passé la journée avec ma tante et nos nombreux cousins que nous aimons beaucoup. Cela se passe en automne, je pense, car il y a des nappes de brouillard. Papa conduit vite, comme toujours, et maman est inquiète, mais n'ose pas lui en faire le reproche. À l'arrière, près de la vitre, je regarde défiler les arbres, comme des fantômes blêmes errant au bord de la nationale. Soudain, une nappe plus dense absorbe la route et nous sombrons dans un trou noir, dont nous venons de franchir l'horizon des événements en 403. Je me réveille toujours au moment où maman essaie d'avertir papa : « Germain ! Attention ! Un trou noir ! » Je ne saurai jamais ce que nous devenons après : particules atomisées dans le Grand Rien ou rejets minimalistes dans le rayonnement de Hawking ? Et pourquoi maman appelle-t-elle papa « Germain » ? Ce n'était pas son prénom.

*

Ce matin, messe à l'église Saint-Clément. Quand je sors pour acheter ma baguette « tradition », je croise les paroissiens. C'est une église intégriste, avec des adeptes très typés : père loden vert genre cadre sup au CIC ; mère manteau de bonne coupe, sans doute fait sur mesure – elle laisse deviner une paire de bas haute couture ; les enfants, toujours par quatre, s'échelonnent entre l'ado qui lorgne vers la boutique de produits à base de cannabis, juste en face l'entrée principale de l'église, et la petite dernière qui vient d'entrer en CP à l'école Sainte-Marie. Lorsque je m'approche, tout ce petit monde s'écarte, réfrénant à peine un pincement de narines réprobateur : depuis que je n'utilise que de l'eau en bouteille, je ne prends plus de douche. J'ai envie de demander à ces familles sans reproche si la sainte patronne de l'école est Marie l'Égyptienne, la prostituée qui paya son voyage en Terre sainte en vendant ses charmes aux marins et aux passagers. Autre question qui me taraude : sous le manteau de bonne coupe et la jupe plissée de rigueur, la maman porte-t-elle des dessous affriolants ? Et, surtout : est-ce un péché, comme je le pense, de se raser les poils du sexe ? Sans doute y a-t-il, à l'église Saint-Clément, le dernier gisement de foufounes de France. J'envie le curé.

*

Le paradis terrestre est une métaphore de la Grande Foufoune originelle, où pousse l'Arbre de la connaissance, à l'abri des poils divins. La végétation luxuriante est une image récurrente dans les textes bibliques : « buisson ardent » de Moïse (qui devait être obsédé par les pubis de toutes les Hébreuses de son campement) ; buisson d'où jaillit le cerf de saint Hubert ; et toutes les branches et feuilles de vigne que les papes de la Renaissance ont placées sur les sculptures et les peintures pour cacher les « natures », les sexes masculins ou féminins. Un des spécialistes du recouvrement s'appelait Daniele da Volterra ; il était surnommé *il Braghettone* (le « culotteur »).

*

Bien sûr, ces cathos plus plus sont équipés de nodules, qu'ils branchent dès qu'ils ont franchi le parvis. Les *Autres* doivent bien s'amuser avec cette population, persuadée que notre passage sur cette planète en perdition est aussi bref qu'« une nuit dans une mauvaise auberge » comme l'écrivait Thérèse d'Avila, et que le grand festin les attend chez le Barbu roi des nuages célestes. Peut-être le prochain monument à se désintégrer sera cette église moche et menaçante, à l'heure de la messe… Auront-ils seulement le temps de se rendre compte qu'ils se sont fait avoir ? Pas de Paradis au bout de la longue avenue du cimetière, seulement le néant obscur et définitif. Pour me venger de leurs mauvais regards, je leur lance un poème vindicatif :

Croa croa
Croix croix
Crois crois.

C'est assez bref, mais ça veut bien dire ce que ça veut dire.

*

Que deviennent les nodules quand les gens meurent ? Les *Autres* les récupèrent-ils pour les greffer sur de nouveaux sujets ? Sur une autre planète, pour éviter les interférences (« Tiens ! t'as vu ! C'est le nodule de grand-maman qu'il a, le monsieur ! ») ? Ou bien enterre-t-on les morts colonisés avec leur nodule pour surveiller le processus de transformation ?

*

À mon avis, le seul argument recevable pour justifier l'existence d'une entité supérieure serait le clitoris. Cet organe n'a pas d'autre fonction que de fournir à la femme du plaisir. Dans la vision darwinienne de l'évolution, il aurait dû se dessécher depuis longtemps. Or, il se maintient contre vents et marées – et surtout contre l'acharnement des mâles à priver les femmes d'un instrument de plaisir sur lequel ils n'ont aucun pouvoir. C'est d'ailleurs un signe qui ne trompe pas : toutes les religions ont le clitoris en horreur. Et les plus barbares l'excisent. Si les *Autres* n'avaient pas pris en main notre destin, le faisant basculer avec obstination du côté chimpanzé, nous aurions pu voir fleurir des civilisations à la mode bonobo, où seraient nées des religions clitoridiennes, intégrant la stimulation par le doigt ou la langue de ce mignon petit bouton. À l'heure de la « communion » (rituel cannibale que pratiquent les cathos à la messe, dont elle constitue l'acmé), des files de fidèles se prosterneraient vers le clitoris de la grande prêtresse pour le baiser et s'enivrer du suave parfum de la foufoune sacrée. Les religieuses à cornette, mais avec pubis à l'air et bas résille comme sur un tableau de Clovis Trouille, iraient visiter les malades et les grabataires pour leur faire renifler leur divine conque. L'extrême-onction serait administrée par la prêtresse clitoridienne sous forme d'un peu de mouille posée avec délicatesse sur le front du mourant. Ah ! le monde aurait pu être tellement différent. Sans culte du pénis, pas de guerre, pas de confrontation permanente ni de concurrence acharnée. Pas de capitalisme. Pas de « progrès ». Pas de nodules. À la place, la partouze permanente et les poils sacrés au mimi et sous les bras des dames, fièrement exhibés comme marque de la divinité sur Terre. Les *Autres* seraient allés coloniser une autre planète, Ummo par exemple…

*

À la boulangerie, dans la file des clients qui attendent, je me tiens juste derrière ma voisine clac-clac. Les écouteurs vissés à l'oreille, elle ne m'a pas « senti », un curieux cas d'anosmie. Je jette un coup d'œil à l'écran de son nodule : s'y inscrit un message dans un alphabet que je ne connais pas – un ensemble de signes qui naissent sur l'écran sans que la jeune femme ait besoin de les saisir au clavier virtuel. Je suis fasciné : ces pictogrammes ressemblent au linéaire A crétois, à ce jour toujours non déchiffré. Est-ce un code ? Est-elle une survivante de la civilisation minoenne ? Cela expliquerait la distance qu'elle met entre elle et moi, simple humain du XXIe siècle. Elle s'aperçoit que j'essaie de lire par-dessus son épaule. L'écran redevient blanc, mais j'ai cru voir passer une sorte de bête inquiétante effaçant les signes d'une main griffue. Ma voisine me lance un sourire crispé, et s'écarte de moi le plus possible, quitte à coller la femme qui la précède. Je ne pense pas que ce soit mon odeur corporelle qui la dérange : elle l'aurait détectée dès mon entrée dans la boutique. Ce sont mes neurones protecteurs ; ils la terrifient car elle sait que les *Autres* n'ont aucune prise sur moi grâce à eux. C'est pour moi une révélation : elle doit être l'agent des *Autres* chargée de me surveiller !

*

Je suis bouleversé par cette découverte. Je passe l'après-midi sur les bords de l'Erdre, en essayant de ne pas paniquer : même si les *Autres* me surveillent, ils ne peuvent ni pénétrer chez moi grâce au papier d'argent qui tapisse les murs de mon appartement, ni m'enlever car mes neurones protecteurs les projetteraient dans un repli amer de l'espace-temps. Cela me rassérène quelque peu et je prends plaisir à regarder les péniches, invitation à une rêverie immobile (elles restent à demeure ancrées le long des quais). C'est une métaphore intéressante du voyage : les humains restent à quai (*hackés*, comme disent les geeks) au bord de l'océan de leur vie ; ils prennent l'avion, le train, les bateaux de croisière… dans l'espoir illusoire d'un ailleurs qui n'existe pas. Notre planète est une petite boule de billard dans le Grand Jeu des sphères célestes.

*

Au retour, je suis entré au jardin des Ploutes. L'air embaume les senteurs de printemps. Calmé par ma promenade, j'énergise mes neurones en me promenant sous les arbres centenaires. Je m'imagine en propriétaire de ce beau jardin, tenant par le bras une élégante des siècles passés. « Ma chère, il paraît que le jasmin exalte les odeurs féminines et que le vétiver active les phéromones de conjonction. » Bien entendu, je ne pourrais pas tenir ces propos, anachroniques, mais je sens à mon bras comme une main délicate offerte dans un écrin d'organdi. Une rêverie, bien sûr.

Je décide de rentrer par l'allée des camélias, une des plus belles collections au monde. Ces magnifiques végétaux arborent leur parure comme une offrande à ma présence. Il me semble même qu'ils s'inclinent vers mes neurones protecteurs, qui tressent à mon front une royale couronne : Germain Premier, roi du jardin des Ploutes.

Rapport XCV23.5702. Du bureau de contrôle multimodal du Jardin des Plantes, au sous-directeur adjoint de l'opération *Human Erase*.

Monsieur le Sous-Directeur,

Il s'est passé aujourd'hui quelque chose de grave: la cible m'a identifiée. Je demande mon rapatriement au Bureau et mon remplacement par un nouvel agent. Je suis prête à subir le châtiment que je mérite.

Agent Bimbo 24.6523

Qu'est-ce que c'est que cette histoire ? La fille aux écouteurs greffés serait un agent du Bureau ! Mais alors, les *Autres* de Germain, ce serait nous ? Et notre activité, que j'ai considérée jusqu'ici comme essentielle à la préservation du monde, travaillerait à sa désintégration – pour reprendre l'image de Germain.

Je n'y crois pas. Je pense de plus en plus à une blague de Base3. Je lui en parlerai demain.

Ce matin, le ciel est envahi par des oiseaux noirs. Ce n'est pas un rêve, mais la réalité. Au point qu'on ne voit plus les avions tomber sur la ville. Est-ce mon poème d'hier sur les corbeaux et les curés qui a provoqué ce déferlement de volatiles sombres ? Je n'en demandais pas tant. Les passants courbent la tête, tentant de se protéger des fientes avec leurs parapluies. Je marche bien droit, car je suis certain que les oiseaux ne peuvent pas m'atteindre. Raté, une fiente jaunâtre a touché un de mes neurones protecteurs. Les oiseaux noirs sont les émissaires des *Autres* ! Ils balancent de la gelée pour accélérer le processus de colonisation. Je traverse en hâte le cours Saint-Pierre. Surprise, la cathédrale est revenue… Je n'y comprends plus rien : l'avaient-ils déplacée momentanément pour en faire une copie ? Je me réfugie sous le porche avec d'autres passants, qui s'éloignent de moi, visiblement dégoûtés ; normal, ma tête est constellée des fientes bombardées par les corbeaux. Je suis d'ailleurs assez déçu que mes neurones ne soient pas dotés d'un programme de nettoyage automatique. Je vais aller aux bains-douches municipaux. Ce sera plus difficile pour les *Autres* de m'atteindre là-bas que chez moi par la tuyauterie.

*

Quand je sors de l'établissement, je me sens régénéré. Mes neurones m'envoient des signaux d'allégresse – je pourrais léviter jusqu'aux oiseaux noirs, pour les chasser du ciel. Mais ils ont disparu, leur sale besogne accomplie.

Pendant que j'enlevais la crasse d'une bonne semaine, j'admirais mes poils, très fournis et encore noirs. Je ne suis pas spécialement attiré par les poils masculins, mais je dois admettre que les miens ont un certain charme, qu'ils frisent avec *ironie* – une belle manière d'aborder la vie. Car le poil, je ne le répéterai pas assez, c'est la vie ! Les civilisations qui se rasaient ont disparu : les Romains par exemple, obsédés par la glabritude. Les chevelus-poilus ont eu du mal à se maintenir, c'est vrai, mais au moins ils ont bien résisté à l'entropie.

*

Il faut se méfier des gens qui n'aiment pas les poils. Prenez John Ruskin, un aristocrate anglais esthète, qui vivait au XIXe siècle. Il a écrit de merveilleux livres sur les statues et les monuments de Venise, et un roman pour la jeune Effie Gray (douze ans), dont il était tombé amoureux et qu'il épousera dix ans plus tard. Ils restèrent mariés plusieurs années puis Effie le quitta pour se mettre en ménage avec le peintre préraphaélite Millais, révélant qu'elle était toujours vierge. Ruskin – que fascinaient les statues antiques – avait été dégoûté par la pilosité intime de sa jeune épouse et n'avait pu « consommer » (comme on disait à l'époque) le mariage. Elle se rattrapa avec Millais, qui lui fit huit enfants.

*

L'amour déraisonnable des statues porte un joli nom : l'agalmatophilie. L'aventure arrivée à Wilhelm Jensen lui fit écrire une des plus troublantes nouvelles de la littérature, *Gradiva*.

*

Je profite de ma propreté pour acheter de nouveaux vêtements (uniquement des matières végétales, de peur que les synthétiques cachent un réseau de fibres numériques) et un bonnet genre rasta pour abriter mes neurones protecteurs d'une possible attaque de corbaques. Les vendeuses n'en reviennent pas, en me voyant sortir de la cabine d'essayage dans mon nouvel accoutrement : T-shirt noir en coton siglé d'un tag blanc qui m'enchante (« Ni vieux, ni mètre », écrit à la Ben au-dessus d'une règle graduée) ; veste blanche, en coton toujours, assez élégante ; pantalon grège en lin ; chaussures en daim. Elles avaient reçu (avec réticence) un SDF loqueteux et, par un coup de baguette magique, me voilà transformé en prince des Mille et Une Nuits… Bon, le bonnet de rasta met à mal la comparaison.

*

De retour à l'appartement, pas de camionnette « fibreuse » devant la porte d'entrée de l'immeuble. Mais un grand branle-bas de combat dans la caserne des pompiers, en face : il a dû y avoir du grabuge sur la Loire, car ils sortent avec le canot pneumatique.

Le petit garçon du quatrième est fasciné par les camions de pompiers. Je l'ai entendu dire à sa maman, une fois, qu'il aimerait bien aller sur la grande échelle. En moi-même, je pensais qu'il ne valait mieux pas : quand on en descend, c'est généralement forcé par les événements – et parfois on ne s'arrête pas au sol, on descend plus bas, toujours plus bas, là où brûle le feu éternel des songes.

*

J'ai fait quelques courses, afin de fêter ma renaissance. Brisset aurait fait remarquer que dans renaissance, il y a « essence », « naissance » et « rennes » pour ceux qui croient encore au père Noël. Uniquement du bio – sans les pesticides, la gelée a du mal à monter au cerveau. Salade bio, carottes bio, patates bio, poulet bio et un paquet de Marshmallows, car il est difficile d'être rigoureux. Je me prépare une escalope de poulet accompagnée de ses petits légumes de saison, en chantonnant joyeusement.

Quelle belle journée ç'aura été !

Les livres ont toujours été mes amis. Des amis inquiétants et dangereux, qui me harcelaient jusque dans mes rêves. J'ai commencé à écrire de la poésie à l'âge de quinze ans et me rêvais en étoile filante, tel un Rimbaud du xxe siècle. J'ai appris, quelques années après, que la place était prise par Stanislas Rodanski, hurlant des imprécations dans les sombres corridors de sa psyché. Adolescent, je ne lisais presque que des poètes, les plus exigeants : Germain Nouveau ; Lautréamont ; les *Fleurs du Mal*, dont je connaissais par cœur certains poèmes ; Jules Laforgue ; Aloysius Bertrand, l'auteur de *Gaspard de la Nuit* ; Xavier Forneret… La découverte de l'œuvre prodigieuse de Jean-Pierre Brisset allait provoquer en moi un choc émotionnel durable ; j'acquis la certitude que les mots veulent dire tout autre chose que ce qu'ils sont censés porter comme sens. Brisset est le plus grand explorateur de l'inconscient. Il s'est fait voler son travail par l'affreux Lacan, un escroc notoire, comme tous les psychanalystes.

*

Avant que j'y mette le feu, ma bibliothèque comportait six mille ouvrages. À vingt ans, j'en possédais déjà plus de mille et, à quarante ans, j'avais décidé de ne pas dépasser six mille. J'effectuais régulièrement des purges staliniennes, me débarrassant sans pitié des livres en attente de lecture depuis plus de cinq ans. Peu à peu, j'ai pris conscience qu'il se tramait quelque chose : les livres complotaient contre moi, dans la crainte d'être victimes de la prochaine purge. Je les entendais converser la nuit. Certains, les plus courageux, ont essayé de me prévenir du complot pour m'éliminer. Brisset le premier. J'ouvris un de ses livres au hasard : « *Le feu où est y ait, le fois y ai, le foyer. Le feu où-reu, le four. Le bec est le premier four où tout a été fourré. Toute syllabe commençant par f vaut, comme impératif : prends, suce, mange. Feux où-treu, foutre. Je feu hume, je fume. Il me fait feu humer, il me fait fumer. Le sexe, sous le nom de feu, fut le premier fumé. Fume égale hume égale suce. Fume y ai, fumier. Hume ili ai ; hume, i lie ai ; humilier. Hume ai, i lie à sillon ; humiliation. Fais à yeu, fais aille, faille. La faille est la feuille où se fouille la fille.* »

Tout devint clair : si je voulais échapper à la Conjuration des Livres, je devais les brûler. Après en avoir sauvé trente, comme l'Arche en papier du Déluge, je mis le feu à ma maison et regardai les flammes se tordre en léchant *mes* livres. Je les entendais me supplier : « Je suis innocent ! » Comment six mille livres peuvent-ils être innocents ? J'avais la preuve de leur duplicité. Les pompiers sont arrivés très vite, et m'ont emmené dans une maison de « repos ». C'est lors de ce premier enfermement que j'ai pris conscience de l'existence des *Autres*. J'ai réussi à m'échapper, à retrouver le paquet de livres que j'avais cachés loin de la maison. M'étant procuré une brouette, je partis sur les chemins, emportant avec moi ma nouvelle bibliothèque, apaisée et réduite.

Voici la liste des trente livres sauvés du feu :

- *Les Origines humaines,* de Jean-Pierre Brisset
- *Les Jardins statuaires,* de Jacques Abeille
- *Le Dictionnaire du Diable,* d'Ambrose Bierce
- Dictionnaire grec-français, d'Anatole Bailly
- *Là-Bas,* de Joris Karl Huysmans
- *Les Feux de l'Orchidée,* de Rikki Ducornet
- Le coffret (deux volumes) Pléiade Jorge Luis Borges
- *Moralités légendaires,* de Jules Laforgue
- *Le Mont analogue,* de René Daumal
- *La Chanson des gueux,* de Jean Richepin
- *Le Journal 44-48,* de Stanislas Rodanski
- *Impressions d'Afrique,* de Raymond Roussel
- *Fables fraîches pour lire à jeun,* de Pierre Bettencourt
- *Le Songe de Poliphile,* de Francesco Colonna
- *Les Fleurs du Mal,* de Charles Baudelaire
- *La Guerre des Salamandres,* de Karel Čapek
- *La Fosse de Babel,* de Raymond Abellio
- *La Nuit du Rose-Hôtel,* de Maurice Fourré
- *Le Judas de Léonard,* de Léo Perutz
- *Manuscrit trouvé à Saragosse,* de Jan Potocki
- *Frontières humaines,* de Georges Ribemont-Dessaignes
- *Danser sur la corde,* de Maurice Blanchard
- *Les Fous littéraires,* d'André Blavier
- *La Gana,* de Fred Deux
- *Quinzinzinzili,* de Régis Messac
- *Le Bleu des fonds,* de Joyce Mansour
- *La Montagne morte de la vie,* de Michel Bernanos
- *De Natura Rerum,* de Lucrèce
- *Le Domaine d'Ana,* de Jean Lahougue
- *La Ville incertaine,* de Jean Marie Amédée Paroutaud.

Pourquoi ai-je limité à trente les Sauvés ? Parmi ses nombreuses qualités, 30 est un nombre composé, abondant, congruent, pratique et semi-parfait. Le carré de la somme de ses chiffres est égal à la somme des chiffres de son carré[4]. En soi, une réponse suffisante. J'ai aussi été pris par l'urgence : j'avais déjà mis le feu. Cela ne signifie donc nullement qu'il s'agit de mes trente préférés, mais je les aime tous. Ils me protègent des *Autres*. Et de mes rêves de feu.

*

Si je compte bien, mes trente livres sont trente et un, puisque le coffret « Borges » contient deux volumes. Il me plaît assez que ce livre *caché* soit celui de l'auteur portègne.

---

4 *In* Daniel Lignon, *Dictionnaire de (presque) tous les nombres entiers,* Ellipses, 2012.

CETTE NUIT, rêve érotique. C'est un peu gênant d'en parler, même à ce journal que personne ne lira. Le scénario est souvent le même : je me retrouve, malgré moi, en compagnie d'une (parfois de deux) fille(s) très attirante(s), et j'essaie de lui/leur faire comprendre que je ne suis pas assez bien pour elle(s). Ma gêne augmente quand elles se déshabillent et me signifient clairement de faire de même. On se retrouve nus sur un lit – parfois, d'autres couples ou groupes à proximité, ce n'est jamais clair. Je ne vois pas le visage des filles, seulement leurs corps – elles ont le mimi bien touffu, heureusement. Je me réveille toujours au moment où je vais sur l'une d'elles. Est-ce un avertissement : voilà ce à quoi les gars normaux peuvent accéder, mais toi, non. Le réveil dans la frustration est déprimant. Après tout, elles avaient l'air plutôt partantes pour la séance !

Femmes oniriques
Pourquoi me faire la nique ?
À moi, pauvre bernique.

(L'insistance sur « nique » est un peu lourde, je le concède ; je remise ce poème de circonstance dans le dossier « Ébauches » de mon bureau mental.)

*

Je sors prendre un café. Sur la table, la Une de *Ouest-France*, plié en quatre, annonce : « Tragique déc… » Je déplie le quotidien et lis la suite : « …ouverte ». Au-dessous, une photo du canot des pompiers. « Hier, à 15 h 30 [à peu près l'heure à laquelle je suis rentré chez moi], les pompiers ont été alertés par des promeneurs ayant découvert un corps de femme flottant sur la Loire, près du chemin de halage en contrebas de la prairie de Mauves. Rapidement sur les lieux, ils n'ont pu que constater le décès de la jeune femme. D'après les premiers éléments de l'enquête, elle ne semble pas avoir subi d'agression. Aucun objet sur elle ne permettait de l'identifier, si ce n'est un smartphone malheureusement endommagé par le séjour dans l'eau. »

Je ne sais pas pourquoi je fais le lien avec l'absence de ma voisine, que je n'ai croisée ni hier ni aujourd'hui. Fait-elle un stage d'archéologie en Crète, à la recherche de tessons de poterie qui permettraient de déchiffrer enfin le linéaire A ? *« Tel Michael Ventris il y a plus d'un siècle, Mademoiselle Nodule-Greffé-à-l'Oreille vient de franchir une étape déterminante dans la compréhension de la plus mystérieuse civilisation méditerranéenne – les Minoens »*, pourra-t-on lire peut-être prochainement.

*

Mon esprit erre sans cesse d'un sujet à l'autre. Cela me donne des maux de tête invraisemblables. Vite, mes cachets. L'armoire à pharmacie, nimbée de brume, scintille comme si elle venait juste d'apparaître d'un autre espace-temps : les *Autres* expérimentent-ils des thérapies, qu'ils dissimulent dans les armoires à pharmacie de leurs victimes ? Je suis inquiet. Pourtant, les cachets me font du bien… Je vais continuer à les prendre, mais entourés de feuilles de salade.

Base3 n'a pas reparu au Bureau depuis deux jours. Je commence à vraiment m'inquiéter. Bien entendu, je n'ai plus accès aux mémos super-confidentiels qu'il me transmettait. Soit Base3 est malade et garde la chambre, chez lui. Hypothèse basse. Soit Base3 a été surpris en train de me transmettre des messages auxquels je n'ai pas le droit d'accéder, et il a été muté pour cela. Hypothèse moyenne. Soit, pour la même raison, il a été « neutralisé ». Hypothèse haute. La neutralisation est un euphémisme utilisé par le Bureau pour « exécution ». Pour ma part, je n'ai jamais ordonné de « neutralisation » d'une cible, car je suis un humaniste : je crois en la possible rédemption des déviants. Je sais que neutraliser permet d'obtenir de bonnes notes, et donc de l'avancement. Je croise parfois des agents de terrain, qui ne cachent guère leur goût de la neutralisation à tour de bras. Ils me répugnent : leur but principal est d'obtenir à chaque neutralisation une prime, paraît-il assez importante. Dans mon cas, neutraliser signifierait détruire un groupe complet, puisque je n'ai accès qu'au niveau deux. Cela se pratique régulièrement et nous disposons d'« éléments de langage » pour justifier cette éradication en masse de déviants. Mais, attention ! en cas d'erreur de cible, c'est la révocation immédiate : il faut donc toujours mesurer le rapport bénéfice/risque avant de lancer un drone sur un village perdu dans les sables du Niger, par exemple.

Base3, à son niveau, a sûrement pratiqué la neutralisation. On sait peu de choses sur l'échelon 3, sinon que les agents bénéficient de confortables avantages numéraires et matériels. Mais ils sont souvent la cible d'envieux qui veulent prendre leur place et ne se gênent pas pour leur tendre des pièges – du genre : « Eh ! élimine-moi ce gars-là avant qu'il fasse péter sa bombe. » Le pauvre type en question n'a dans son cabas que trois poireaux et un kilo de patates mais, tant pis, il est neutralisé. Et le sournois du niveau deux prend la place de l'agent qui a envoyé l'ordre de neutralisation. Qu'on ne revoit jamais. On chuchote qu'il y a des camps de réformation pour eux, sorte de purgatoires administratifs où on les reconditionne avant de les restituer à la vie civile.

Si Base3 a été surpris en train de préparer les mémos pour me les transmettre, je ferais bien de m'inquiéter. À moins que cela fasse partie de la stratégie du Bureau, afin de me mettre la pression... Mais pourquoi ? Pour que je finisse rapidement de lire le journal de Germain ?

Ce matin, je croise ma voisine. Elle me jette un curieux regard, à la fois interrogatif sur ma nouvelle tenue et un peu surprise par le bonnet rasta. Je suis soulagé et déçu : soulagé que le corps repêché dans la Loire ne soit pas le sien ; déçu que l'appartement ne soit pas redevenu libre. J'aurais pu orienter la Fille éblouissante vers ce studio, assez bon marché et bien placé. Une fois ma Muse installée, rien de plus facile que de glisser un poème sous sa porte de temps en temps.

Nue parmi les nues
Tu brandis ton clitoris
Telle une divinité
Immémoriale
Et bienfaisante.

C'est peut-être un peu osé pour un premier message, mais elle aurait reconnu la marque du Poète sombre (moi) et son petit cœur d'étudiante aurait bondi dans sa poitrine ferme et douce : « Comment sait-il que j'habite ici ? Et un poème juste pour moi ! Il est donc vivant ! Je l'aime ! » Bon, là, je vais un peu vite en besogne, je l'admets. Une étudiante n'aime pas son sujet d'étude, même le Poète sombre, qui pourtant le mériterait. Fin de la digression : la spécialiste du linéaire A est revenue, et je voudrais lui demander si les fouilles sont comblées en Crète. Une parapèterie assez réussie, à mon avis.

*

Vers 11 heures, je descends au jardin des « Ploutes » exhiber mon nouvel uniforme de non-colonisé : lin et coton. Sans oublier le bonnet rasta. Mon petit voisin du quatrième fait des châteaux de sable avec un camarade de promotion. Le bambin, qui renforce un système défensif constitué d'un profond fossé surmonté de tours imprenables, que deviendra-t-il ? Architecte ou informaticien comme son père ? Quand il me « calcule », comme disent les jeunes, il me montre du doigt et, à la grande confusion de sa maman, s'écrie : « Oh ! le monsieur, il a un pinpon sur la tête. » Il fait référence à la couleur rouge du bonnet, le seul que j'ai trouvé à ma taille. Je fais semblant de ne pas avoir entendu et passe dignement, écrasant au passage une des tours. « Petit gredin, voilà ce que j'en fais de ton château de sable ! » ai-je murmuré entre mes dents. J'ai l'impression qu'il m'a entendu, car il s'est mis à pleurer.

Plus loin, j'ai jeté le bonnet aux canards, qui semblent trouver amusant ce petit compagnon de natation, avant qu'il ne coule lamentablement. Mes neurones protecteurs ruissellent sur mes épaules comme la manne sur les Hébreux dans la traversée du désert. Je marche d'un pas décidé vers l'entrée du jardin côté gare, dont l'accès a été récemment refait. Quelques filles sur les bancs. Je m'assois en face d'une brune genre gothique, dont toutes les parties du corps visibles sont tatouées de croix inversées. Je lui adresse discrètement un poème de circonstance :

Petite sotte
À l'envers ou à l'endroit
La croix n'eſt qu'un
Morceau de bois.

Je le trouve assez réussi, mais la fille n'a pas l'air contente. Elle se lève en me lançant un regard furibard. Pourtant, je n'ai même pas essayé d'apercevoir sa culotte, comme font la plupart des vieux vicieux.

*

C'est une énigme insoluble, pour nous les réformés de l'amour. Les filles se plaignent de l'insistance des garçons, qu'elles appellent « harcèlement ». Cette nouveauté lexicale a même remplacé dans le vocabulaire de la séduction le mot « approche ». J'imagine leurs discussions autour d'un verre : « Tu sais, Romuald, le mec aux yeux bleus, il m'a *harcelée* à la machine à café. J'avais des petits frissons dans la chatte. » Il paraît qu'entre elles, elles ne se gênent pas pour appeler un chat une chatte.

*

Les petites bêcheuses qui sont « harcelées » parce qu'un élégant d'un certain âge leur a *troussé* un poème de circonstance ne méritent pas de suivre un stage de décolonisation en quatre phases, que je réserve à la Fille éblouissante, si un jour je la vois passer à nouveau.

*

Les descendants des gnostiques – bogomiles d'Europe centrale et anti-talmudistes du Proche-Orient – pratiquaient une sorte de religion naturelle où la communauté sexuelle était la règle. Des hippies avant la lettre. Au XVIIIe siècle, l'invraisemblable Jacob Frank, qui se proclamait réincarnation du messie Sabbataï Tsevi, a sillonné l'Europe orientale, la Grèce et la Turquie avec ses adeptes. Ils acceptèrent de se convertir au catholicisme pour bénéficier de la protection de l'Église et des princes polonais (dont la famille Potocki, celle de Jan, l'auteur du *Manuscrit trouvé à Saragosse*), tout en pratiquant leurs rituels charnels plus ou moins en secret. Jacob Frank ira fonder une sorte de république en marge de l'Empire autrichien, où il tint une cour brillante. À la fin de sa vie, de jeunes adeptes venaient le réchauffer de leurs corps – comme le roi David dans la Bible – tout en se moquant gentiment de son impuissance. Heureux homme !

Que n'ai-je été messie moi-même ! Le statut le plus envié sur Terre, car il apporte richesse, amour et vénération. Je ne suis qu'un fantôme un peu fou, arpentant les allées du jardin des Ploutes dans le crépuscule du monde.

*

De retour chez moi : la camionnette des poseurs de fibre syndiqués est revenue. Pour me surveiller ?

Étrange journal, mélange d'érudition et de folie. Ce Germain, je le trouve de plus en plus attachant. Je commence même à lui ressembler : je laisse pousser mes cheveux, ce qu'il appelle dans sa folie ses « neurones protecteurs », et, si je maintiens le strict costume-cravate quand je vais travailler, une fois chez moi (chez lui ?), je me débraille, éteins mon « nodule ». J'ai également banni tout écran de mon domicile et ai installé un détecteur d'ondes – en principe, ils ne sortent du Bureau que pour des missions officielles – qui veille à l'intégrité numérique de mon espace.

*

La fille d'à-côté semble vouloir se rapprocher de moi. J'ai découvert par hasard qu'elle était un agent de terrain du Bureau, souvent envoyée en mission au Proche-Orient ou en Europe de l'Est. Elle a suivi une formation en archéologie et en paléo-linguistique. Sa thèse portait précisément sur le linéaire A, l'écriture toujours indéchiffrée que Germain Un avait remarquée sur son « nodule ». Ces intrusions de plus en plus fréquentes du Journal de Germain dans ma vie me troublent profondément. La nuit, j'ai des insomnies. Et des maux de tête. J'ai fabriqué un casque anti-ondes méthode Germain Un (une passoire en plastique garnie de feuilles de laitue), mais ça ne fonctionne pas.

Ce matin, j'entends des bruits bizarres dans le mur. Sans doute des travaux...

J'AI RÊVÉ que je produisais des bulles. Chaque bulle enfermait un Univers. Dans chaque Univers, des milliards et des milliards de galaxies. Les bulles sortaient de ma bouche à chaque expiration endormie. Je créais des mondes sans en avoir conscience, ignorant de leur voyage tragique vers l'entropie. Quand je me suis réveillé, j'étais moi-même un élément d'un Univers enclos dans une bulle rêvée par un autre endormi qui, lui-même…

Un tel enchâssement d'infinis peut donner le vertige. Je me suis levé et me suis dirigé en tanguant vers la salle de bains (dont j'ai neutralisé tous les tuyaux), pour me rafraîchir le visage avec un peu de « Cristaline », l'eau la moins chère disponible à l'Intermarché du quartier. Tandis que je frotte mon visage à l'eau claire, dans le miroir il s'efface au fur et à mesure que le gant passe et repasse. Pris de panique, je m'essuie vigoureusement avec une serviette propre. Cela ne fait qu'empirer les choses : mon visage a complètement disparu, du moins son reflet. Je regarde sur la serviette si ne s'y est pas imprimé une sorte de halo semblable au suaire de Turin. Rien. Je suis désormais un homme sans visage auquel manque l'âme – pour paraphraser Lichtenberg.

*

Je suis sorti acheter ma baguette « tradition ». Dans la rue, personne ne se doute que je n'ai plus de visage : cela me rassure, seul le reflet s'est effacé. À la boulangerie, je me trouve, une fois de plus, derrière ma voisine, qui pianote frénétiquement sur son nodule. Je ne peux malheureusement pas voir si c'est du linéaire A, du sanskrit ou des Emojis. C'est son tour : « Et pour mademoiselle ? » demande la serveuse, qui s'impatiente. Et qui enchaîne : « Une boule graines, comme d'habitude ? » La fille sort de son aparté nodulique, et s'écrie : « Ah non ! j'ai horreur des graines ! » La boulangère, qui était en train de glisser la boule dans un sachet, en reste coite. Et moi aussi : depuis que je la connais, elle a toujours pris une boule graines. Finalement, ce sera, comme moi, une baguette tradition.

Je suis perturbé. Comment peut-on changer si radicalement d'habitude ? D'ailleurs, elle ne porte plus de talons clac-clac mais des *shoes* à semelles de caoutchouc, genre baskets. Mais beaucoup plus chères, évidemment, puisque ce sont des *shoes*. Avez-vous remarqué que, lorsqu'on veut augmenter les prix, on passe à l'anglais ? Les restaurants ne servent plus de la nourriture, mais de la *food*, dont les prix connaissent une inflation à trois chiffres. Bien que clone, ma voisine est-elle réellement elle-même, m'interrogé-je en une sorte de puits mental sans fond. Sinon, elle serait un clone de clone, envoyée par les *Autres* pour remplacer leur agent de terrain qui a fait une gaffe (mais laquelle ? M'avoir laissé voir le mystérieux message crypté en linéaire A ?)…

Je la laisse prendre un peu de distance devant moi, tandis que nous longeons l'église Saint-Clément pour rentrer chez nous. Sur l'autre trottoir est en train de pousser un immeuble d'une laideur rare – qui n'a rien à voir, évidemment, avec le projet d'architecte affiché devant le chantier. Les gredins ont même utilisé une phrase de Breton pour vendre leur béton fissuré.

La fille marche sans se presser (là encore, une différence notable avec son modèle) ; son dos est un peu plus large que l'original, ce qui lui donne plus de présence, moins d'ectoplasme. Je pense que les *Autres* avaient envoyé un spécimen mal abouti, pas assez humain. Mais le téléchargement de la matrice émotionnelle n'a pas dû être complet, sinon pourquoi cette grave divergence dans le choix du pain ? On peut changer de mari, de travail, de ville, mais certainement pas de pain : c'est la base de la civilisation et les choix que l'on fait dans sa jeunesse sont ancrés en nous pour la vie. Autre hypothèse : ils ont truffé les baguettes de nanoparticules numériques et les utilisent pour me surveiller ! Celle de la fille est une antenne réceptrice, la mienne une émettrice. Je la jette discrètement dans une poubelle – désormais j'achèterai la boule graines, même si je ne suis pas enthousiaste à l'idée de manger du son. Au moins, je suis certain qu'elle est non bidouillée.

*

J'ai des remords d'avoir écrasé la tour défensive de mon petit voisin, l'autre jour au jardin des Ploutes. Je l'aime bien, ce gamin. Il a l'esprit vif, observateur. J'espère que l'école ne va éteindre son envie de manger le monde. Je lui achète un camion de pompiers modèle réduit pour me faire pardonner. Je le rejoins au bac à sable, où il s'active à la construction d'une sorte de HLM branlante avec l'aide d'une petite fille. Quand il me voit, il a un moment de panique, mais tout de suite je lui offre le camion. « Merci Monsieur Pinpon » me dit-il en actionnant la grande échelle. Je ne sais pas si « Pinpon » est accolé à « Monsieur », ou s'il faut entendre : « Merci, Monsieur. Pinpon… [avec un point séparateur] » puisque d'autres « pinpon » ont suivi le premier. C'est le papa qui surveille les travaux, cette fois-ci. Il me remercie lui aussi. « Il ne fallait pas. » Je lui demande s'il a remarqué la camionnette des poseurs de fibre quantique. « Ah, oui ! elle appartient à quelqu'un qui a emménagé au deuxième il y a quelques mois. » Sa présence au bas de l'immeuble prend désormais un tout autre sens – sauf si le nouvel occupant fait partie du dispositif de surveillance mis en place par les *Autres*.

*

Je vais m'asseoir sur un banc, près de la gare. O miracle ! La Fille éblouissante passe devant moi, un livre à la main. J'arrive à voir le titre. C'est le dernier Guillaume-Marc Musso-Levy, et non le recueil du Poète sombre. Probablement n'a-t-elle jamais entendu parler de moi, ni de ma riche production poétique. Je suis accablé au point de ne pouvoir glisser un poème d'élévation sous la couverture moche du Musso-Levy.

Je suis en alerte maximale. Si Germain Un a détecté un changement profond dans le comportement de sa voisine, que dois-je penser de ses tentatives de séduction à mon égard ? Sait-elle que je sais qu'elle est un agent du Bureau ? L'a-t-on chargée de me surveiller de près, suite au fiasco des Mémos de Base3 ?

J'ai aussi mené ma petite enquête sur cette famille du quatrième étage à laquelle Germain semble s'être attaché. Il y a eu effectivement une famille correspondant à sa description, mais bien avant son entrée dans l'immeuble – du moins selon mes calculs. Quand il est arrivé, elle avait déménagé depuis plusieurs années. Par ailleurs, les habitants ne se souviennent que très vaguement de l'« original » qui avait occupé mon logement avant moi. Au moins, il a existé, ce Germain. Parfois j'ai des doutes.

*

J'ai finalement accepté de dîner avec Germaine (si si ! c'est son prénom) hier soir. Elle sait que je travaille au Bureau et ne fait aucun mystère de son emploi d'agent de terrain. Sa présence dans l'immeuble est simplement due au fait que le Bureau y possède plusieurs appartements, qu'il met à disposition du personnel pour des périodes plus ou moins longues. Pour Germaine, arrivée il y a trois ans, il s'agit d'une mise au repos suite à une aventure dramatique en Irak – je crois comprendre que derrière la mission archéologique sur l'ancienne ville d'Ur se cachait un objectif beaucoup plus mystérieux, ayant trait à la présence d'éléments extérieurs sur cette zone ravagée par la guerre. Sur un chantier de fouilles, mis au jour à l'occasion du déblaiement d'un bâtiment touché par une bombe, elle aurait trouvé des tablettes mésopotamiennes qui laissent à penser « que nous ne sommes pas seuls dans l'Univers ». Malheureusement pour elle, elle n'était pas seule sur le chantier de fouilles : un groupe de Daech a investi le site, a tué tous les hommes présents et l'a emmenée en captivité plus au nord. « J'ai réussi à m'échapper, j'ai eu beaucoup de chance. » Je n'en saurai pas plus.

*

Que signifie cette histoire d'extraterrestres venus enseigner les rudiments du calcul infinitésimal (c'est moi qui invente) aux Mésopotamiens ? Nous avions pas mal bu. D'ailleurs, la soirée s'est terminée d'une manière agréable, dans sa chambre. J'ai découvert sur son corps les tristes traces de sa captivité.

Ce matin, il pleut une espèce de suie grasse. Qui se dépose au sol comme une neige sale. Les piétons dérapent et se cassent la figure. Ce serait assez amusant si je regardais de ma fenêtre, mais c'est le jour de la douche municipale, et je ne veux pas déroger à cette habitude. Je parviens non sans mal à me diriger vers la passerelle qui enjambe les voies ferrées – dans les rues, de nombreuses automobiles dans tous les sens, certaines encastrées comme dans un film apocalyptique. Je pense à *La Route*, le roman très dérangeant de Cormac McCarthy, qui a été adapté au cinéma, très bien, par John Hillcoat, avec Viggo Mortensen. Dans le film, on voit le personnage principal errer dans des rues dévastées, poussant un Caddie où il a entassé ses maigres biens. Autour de lui, les symboles arrogants de la « civilisation » américaine, détruits, envahis par la végétation.

*

Personne ne semble savoir d'où vient cette purée gluante – sauf moi, bien sûr : un envoi massif de paquets de gelée par les *Autres*. Mes neurones protecteurs fonctionnent à merveille cette fois-ci, pas comme avec les fientes de corbeaux. La purée gélifiante glisse sur eux et tombe au sol en petits tas piteux, que j'écrase sous mes talons victorieux. Quand j'arrive à la porte des bains-douches, un panneau prévient le public d'une fermeture pour cause de travaux, sans que soit précisée la date de réouverture. Je panique ! Les *Autres* ont repéré mes allées et venues aux bains-douches et sont parvenus à faire péter la tuyauterie. Quel idiot de m'y rendre à jour fixe ! J'aurais dû me doucher une semaine le vendredi, l'autre le mardi, la troisième le samedi, etc. Afin de passer sous les radars. Mon petit manège les a alertés – peut-être la clone de clone de voisine m'a-t-elle suivi ? Je pense que les *Autres* ont déclenché l'Armageddon, le grand combat final contre l'Humanité. Toutes les armes sont opérationnelles : nodules branchés sur la fibre neuronale, téléréalité, minijupes connectées et, maintenant, suie grasse de nanoparticules quantiques à spin négatif. Enfin, quelque chose comme cela. Les avions vont recommencer à tomber sur la ville. Je dois me protéger.

*

De rêvasser au tragique destin de Gödel, le logicien mort de faim par peur d'être empoisonné, a fait baisser ma vigilance et je me casse la figure en sortant du Jardin des « Ploutes », juste devant mon petit voisin et sa maman, qui m'aide à me relever. « Vous vous êtes fait mal ? » me demande-t-elle, réellement inquiète pour moi. Je la rassure : à part ma belle veste de coton tartinée de suie graisseuse, ma glissade n'a pas eu de conséquence. Ah ! ce n'est pas ma bêcheuse de voisine clonée qui se serait arrêtée pour me relever. J'entends le bambin, tandis qu'ils s'éloignent : « Pinpon Pinpon ». Certainement mon surnom. Il m'enchante.

Le Journal de Germain Un s'arrête là. Comme il reste des pages blanches, j'en profite pour retranscrire mes petites notes précédentes, écrites au fil de ma lecture, poursuivre mon travail de commentateur... et, pourquoi pas, prendre sa relève !

Au Bureau, on me regarde de travers : avec mes « cheveux » longs, je n'entre pas dans la grille des apparences admises. On me trouve également négligé (vêtements fatigués, barbe mal taillée...) et sale. Suite à des plaintes de mes collègues, mon chef m'a convoqué pour me rappeler à l'ordre. Je ne risque pas la « neutralisation », mais il m'a bien fait comprendre qu'une mise à pied, voire un licenciement sec sont envisagés si je ne « redresse pas la barre ». Il aime les métaphores maritimes. Germain Un aurait parlé de *métaphares*, car des photos de phares ornent les murs de son bureau : pour Germain, ces *métaphares* seraient probablement le signe visible du contrôle des *Autres* sur le littoral, afin de capter les ondes gravitationnelles et de les réinjecter dans le réseau gélifié.

*

Tout se tient chez Germain Un : son monde à la dérive est cohérent et sophistiqué, c'est ce qui me plaît chez lui. D'autant qu'il n'a peut-être pas complètement tort : les « pluies étranges », comme les appelle désormais la presse, se multiplient. Hier, c'étaient des poissons, par milliers, qui se sont abattus sur la ville et se sont mis à pourrir dès qu'ils touchaient le sol, répandant une puanteur phénoménale. Il paraît qu'il y a eu un énorme cyclone dans l'Atlantique et que les vents ont déversé sur la frange littorale du pays les poissons arrachés aux profondeurs. C'est une explication rationnelle. On peut aussi y voir une inquiétante manipulation du climat afin de terrifier les populations.

*

Je peux tout de même rassurer Germain Un sur un point : les avions ne tombent plus sur la ville. Et sur un autre : les filles en minijupe continuent d'arpenter le *« jardin des Ploutes »*. Pour m'amuser, je fabrique à l'intention d'un groupe de beurettes excitées un poème d'apaisement à la mode Germain numéro un :

Sauterelles espiègles
Mangez du pain de seigle
Ça vous calmera les intestins
Et donnera un sens à votre destin.

Sans doute moins bon que ceux du premier Germain, mais tout de même pas si nul pour un début ! Je lance mon poème à la volée sur le groupe à la manière de mon prédécesseur. Surprise ! Une des filles vient vers moi : ce n'est ni pour me remercier, ni pour m'embrasser (je n'en demande pas tant), mais pour me houspiller : « Tu nous jettes un sort, là ! Ou quoi ? Par ma mère, je suis plus grande sorcière que toi et je t'enc* » J'en reste coi et bredouille une vague excuse. « Pauvre type ! Vieux et moche ! Ça t'excite de nous regarder!» crie une autre, une vraie furie. Les gens commencent à s'arrêter, intrigués. Je préfère m'éloigner.

*

J'ai tapissé les murs de l'appartement avec du papier aluminium (je ne mange pas de chocolat et ne puis bénéficier, comme le premier Germain, des «papiers argent*és*»). Quand je suis chez moi, j'éprouve un grand apaisement, surtout quand je dénoue mon catogan et laisse mes «cheveux» ruisseler de ma tête en une cascade bienfaisante.

*

Ma voisine ne m'adresse plus la parole. Au Bureau, on a dû lui conseiller de ne pas trop me fréquenter. Non seulement elle reste distante, mais elle fait comme si on ne se connaissait pas intimement. Germain Un aurait la réponse toute trouvée: ils ont changé le clone du clone par un clone du clone du clone. D'ailleurs, elle a remis ses talons clac-clac et garde ostensiblement ses écouteurs vissés à ses «neurones auditifs». À la boulangerie, elle reprend la boule graines. Pour ma part, je reste sur mes convictions: la baguette «tradition».

*

J'entends moi aussi des galopades dans le mur. J'ai vérifié en faisant un trou avec la perceuse: le mur est en béton plein, comme l'avait constaté Germain Un. Comme j'étais allé trop loin avec la mèche, mon trou a débouché chez ma voisine, mais dans un coin, pratiquement indécelable. J'y glisse une fibre optique récupérée au bureau, pour explorer son studio. Surprise ! Elle a tapissé sa pièce, comme moi, avec du papier-alu. « Alu – Hallucine ! » comme dirait le Jean-Pierre Brisset de mon prédécesseur. Pourquoi a-t-elle fait ça ? Pour se protéger de mes neurones protecteurs ? Pour régénérer ses ondes plasma-existentielles ?

*

Le chef m'a convoqué ce matin. Dans son bureau, les photos maritimes ont été remplacées par des reproductions de voitures de luxe, Bugatti et tutti quanti. S'était-il rendu compte que j'avais regardé de trop près les phares ? Que je l'avais percé à jour ? En tout cas, ce n'est pas pour me faire admirer sa nouvelle décoration : je suis viré ! « Je vous avais prévenu, Germain. Et encore, ç'aurait pu être pire ! » Quoi ? Neutralisé ?

Je suis rentré chez moi, à la fois déprimé comme tout nouveau chômeur (après plus de vingt ans sans rechigner, sans un seul jour de congé maladie !) et pétillant d'envies neuves. Pour me requinquer, comme il fait beau, je me rends au « Jardin des Ploutes ». Par prudence, pour mon deuxième essai en poésie, je m'adresse au grand ginkgo biloba :

Arbre aux cent écus
J'ai perdu mon bouleau
*Et ça me fait mal au c**
Pendu à mon goulot.

Pas terrible, je l'admets, mais au moins quand je le dépose sur l'écorce d'une main caressante, une branche ne me tombe pas sur la tête ! Et c'est intéressant également pour l'homophonie bouleau/boulot : comme il s'agit d'un poème mental, je peux m'y autoriser. Qu'en serait-il pour un poème écrit ? Dommage, Germain Un n'est pas là pour me conseiller.

*

Je commence à faire des rêves, alors que ça ne m'arrivait jamais quand je travaillais... Ce matin, j'ai rêvé que je me tenais sur une éminence de terrain, au Puy-Notre-Dame, dans le sud du Maine-et-Loire. C'était la terrasse devant la maison d'amis. Un endroit d'où l'on voit assez loin vers les Deux-Sèvres, notamment les chapelles érigées sur des buttes par les adeptes de la Petite Église. Sauf que, dans mon rêve, le regard portait beaucoup plus loin, jusqu'aux cimes enneigées des Pyrénées, ce qui est impossible, mais j'en éprouvais un plaisir intense – ce paysage inventé avait pour moi la même réalité que lorsqu'on se rend à Pau en venant de Bordeaux et que l'on découvre la chaîne par temps clair. J'ignore si ce rêve à une signification profonde : vais-je entreprendre un voyage ?

*

Bizarre, la camionnette des « poseurs de fibre » syndiqués est stationnée devant l'immeuble. Il n'y a personne dedans. Et dans l'escalier (je ne prends plus l'ascenseur), pas trace de travaux en cours.

*

Ma voisine est rentrée chez elle. Je me branche sur la fibre optique clandestine (ma seule concession, désormais, au numérique). Elle se comporte bizarrement, effectuant de grands gestes et déplaçant des objets, comme si elle dessinait des meubles. Stupéfaction ! Une fois la fille sortie pour prendre sa douche, la pièce se « stabilise » : c'est une copie exacte de mon studio ! Sauf que tout y est inversé, comme dans un miroir. Comment a-t-elle réussi ce tour de force en un rien de temps ? Serait-elle un agent des *Autres*, en plus du Bureau ? Ou, comme je le soupçonne de plus en plus, Bureau = *Autres*. Quand elle revient de sa douche, nue, la pièce reprend son apparence antérieure, telle que je l'ai connue quand nous étions amants. Je regarde quelques secondes son corps parfait : un désir m'étreint, et une grande nostalgie du temps d'avant. Puis je cesse mon indiscrète intrusion dans sa vie privée. Je ne suis pas un voyeur.

*

Mes certitudes vacillent de plus en plus. J'ai décidé, comme le Germain numéro un, de ne plus prendre de douche chez moi et de n'utiliser que de l'eau en bouteilles. De même, à part une tablette non connectée pour regarder chez ma voisine, j'ai jeté tous les écrans.

*

J'ai pris rendez-vous chez un médecin pour mes maux de tête, récurrents et qui s'amplifient. Il m'a ausculté longuement, m'a proposé une radio et un scanner, que j'ai refusés. Il m'a posé des questions, au début banales puis de plus en plus étranges : « Ç'a commencé quand ? C'est au niveau du front ? Sur la nuque ? Pariétal ? Vous êtes allés chez l'ophtalmo : il vous faut peut-être des lunettes ? Mangez-vous du poulpe à chaque repas ? Vous écrivez de la poésie ? Que pensez-vous des pluies de poissons ? Est-ce qu'au bureau, vous avez des conflits avec vos chefs, vos collègues ? Avez-vous fait l'amour avec votre voisine ? »

Il m'a prescrit des cachets. Je ne sais pas si je vais les prendre. Quand il a rangé son stéthoscope, j'ai vu nettement un tentacule sortir de la poche de sa blouse blanche.

*

Je suis effrayé : est-ce mon cerveau qui part à la dérive ? Même s'il est moins brillant que celui du Germain numéro un, j'y tiens.

*

Pour me rapprocher mentalement de mon prédécesseur, j'ai décidé de me mettre à la lecture – maintenant, j'ai le temps. Je suis devenu boulimique. Je veux tout lire : des ouvrages scientifiques (Germain Un semblait en connaître un rayon sur les maths et l'astrophysique) ; des romans non écrits par des logiciels, comme il dit ; des journaux et des revues ; même la notice de mes cachets, que j'ai lue de A à Z et qui comporte de petits défauts de traduction (à partir du langage ummite?) et d'orthographe: «Quand vous poser petite pilule sur langue, avalé d'un coup sec avec verre d'eau demi-plein. Ne pas prendre entre repas chauds et froids. Si avez tentacules, pouvoir prendre verre entre deux et poser pilule sur langue avec un troisième.» Que vient faire cette histoire de tentacules sur la notice d'un médicament fabriqué en Inde à partir de la molécule BenzoHydroAcrylo-NitratoColloïdo, comme c'est précisé en tout petits caractères? Je cherche dans mon dictionnaire, je ne trouve pas cette molécule. De plus en plus étrange...

*

J'écris un poème pour me rassurer:

Pilule pilée
Je t'absorbe, sobre
Et plié.

Pourquoi plié? Il m'a semblé que c'était moins risqué que de me tenir droit avec le verre, des fois qu'un tentacule jaillisse du mur pour me voler mon médicament.

*

Le cachet avalé, je me sens mieux: moins paniqué, avec une envie de sociabilité. Je descends au «Jardin des Ploutes». J'ai remarqué, depuis quelques jours, une famille avec deux enfants: un jeune bambin de trois ans et une petite fille d'un an et demi. Mes voisins du quatrième. Le petit garçon court vers moi en criant: «Pinpon Pinpon.»

Nota

Si j'en crois le *Manuel diagnostique et statistique des troubles mentaux*, DSM (la bible des psychiatres américains), le personnage de ce court roman souffre d'un trouble dissociatif de l'identité (TDI), maladie qui a fait l'objet de plusieurs interprétations littéraires et cinématographiques (notamment le terrifiant *Split*, de M. Night Shyamalan en 2017). Les victimes de cette maladie sont souvent intelligentes et créatives. Ici, trois personnes se partagent le même corps : Germain 1, Germain 2... et Germaine.

ISBN 978-2-84679-504-3

Achevé d'imprimer en avril 2022
sur les presses de
La Nouvelle Imprimerie Laballery

Dépôt légal : avril 2022
N° d'impression : 204294

Ginkgo éditeur
33, bd Arago
75013 Paris